U0130975

沉默之島

蘇偉貞

新版序

《沉默之島》二十年

文學寫作和其他事情不一樣，它可以預言，可以虛構、紀實，甚至可以再現。然而對《沉默之島》，寫作可以是什麼？我試著用以下敘事作為回答。

一九九三年八月三十一日至九月五日，我應新加坡藝術理事會之邀參加「新加坡國際作家周」，在那裡停留了一周。當時寫作正進入第二個十年，也就來到一個建立風格與開創題材的焦慮階段，世界混沌無形狀，而我總是別過臉以餘光挨延著迴避「去寫」的實踐，小說主述介於張愛玲所說「我像是一個島」及英國詩人John Donne的名句「沒有人是一座孤島，擁有全部的自己」（No man is an island, entire of itself）之間的辯證。

我生長於台灣，島嶼的封閉象徵與瑣碎形式，迴盪騷擾又沉默，樸素又華麗，狹小又寬敞，局促又渴望遠方……的複雜水紋。身為寫作者，我很容易因著人生碎片不完整，在某個時刻創造情節賦予小說複音多線索形式，好讓自己安全地藏在人世的摺縫裡。小說，使封閉不完整的人生有了趨向完整的可能。再拖不下去，好吧，就圍繞這粗略的構想寫一本「沉默之島」吧！

開筆之初，總處在惶然漂流狀，我會突然走進機場買一張最近航班機票飛往香港，抵達，下機，穿越市區，搭渡輪往更小的離島，無目的游魂似在小島亂晃，攤在桌上的稿紙，並沒有太多的展開。寫下開篇首句「晨勉一直記得『她們』三十歲生日以後的事情，她在當天離開台北返回香港。」就打住不知道書裡的女主人公晨勉接下來何去何從。我明白，一定還得等待什麼到來。

之後到了赤道以北一三六．八公里新加坡。乍見熱帶城邦島國多種族多元文化多了一個迴旋空間，當下生出將新加坡納進「我的島嶼」的衝動。我的台灣、香港、新加坡三島到齊了。等的，原來是地理空間，晨勉才有退路。

日後寫完《沉默之島》，並得到一九九四年中國時報第一屆百萬小說推薦獎。將我順利的推向另一條寫作軌道。作家筆下人物來來去去，但創作者總是孤獨的，關於《沉默之島》寫作的過程這種感覺的時時刻刻，我寫在得獎感言裡：

我不懼怕等同命運一般的孤獨，我相信是這個時代的小說將我送達文學的對岸，生命的另一邊。

《沉默之島》轉眼二十年。二〇一三年夏，我應新加坡南洋理工大學邀請擔任第一屆國際駐校作家並與會年底的「國際作家節」，冥冥之中，那位當年決定讓她筆下人物晨勉困於「這個城市，……時間彷彿凍住了，過去得非常緩慢，沒有任何事發生」而撤離的作者，離開二十年後，將自己送回了新加坡。見證了虛構的力量。值此，只能說因緣際會，二〇一一年在愛荷華國際作家工作坊認識的新加坡作家Jeremy英譯完成《沉默之島》，交由Ethos Books出版社，同步於「國際作家節」發表新書，讓小說得以以另一種語言面對原生地。適因《沉默之島》中文版之前的合約到期，新版便交給印刻文學，不復創作當初的惶惑，此時此刻唯心平氣靜踱往另一輪文學之年。

所以，文學可以是什麼?可以是一種想像，一種實踐。

運相反的霍晨勉，由她構築衍生。她不斷詢問那個晨勉：「妳要妳這個人生嗎？」她的晨勉沉默。她說：「至少還有人問妳要不要這個人生。」她和她的晨勉初步交談毫無窒礙。以後，命運是她們兩個人的事。

她母親過世前，關於他們家，一切都是聽來的，但缺乏資料，傳到他們耳裡也就停止下來。流言裡父親有荷蘭血統，母親則從小性格怪異。她母親聯考完去加工廠等放榜認識了她父親，隨即就住在一起。懷上她，母親不肯拿掉結了婚。她年輕的父親開貨車，沿途找女人，若無其事回到家，一問便招。她父親從不說謊，認為麻煩。父親二十七歲那年，她母親殺了他，被判無期徒刑。

別人孩童時期，未必會去想自己的父母為什麼在一起，她和晨安一向知道，她母親和父親是性。外婆常說她個性是母親的翻版，沉默異於常人，如旅行異鄉啞了口的外國人。她和晨安急著長大，力氣用在世道人情之外，一路前三名上去，在學校累積了無數傳奇，寒暑假最重要的功課是每周去監獄看母親及打工。鄰居都說罪犯的孩子特別聰明，她們什麼工作都做，電子加工、食品製造、路邊攤洗碗、手工洗車、加油站……充滿機動性。她們把每一塊錢都存起來當學費、生活費。她自覺這輩子，最沒受分裂的價值觀，是對待金錢的心理，她從來不因為受過錢的罪而覺得苦，她由錢看到的只是錢。

事件過程中完全不受影響的，是她們母親。母親在牢裡停止了生長，晨安說因為沒有性。母親不怕麻煩的留了長髮，每次會面，單薄清麗的臉龐彷彿越長越小，她和晨安固定結伴去，然後隔周輪流進去一個會客。有時她外婆也去，她母親不太開口，完全沒有當母親那套叮嚀。會客的時間感覺是片段、片段的靜止飄浮，但並不覺得漫長。她總側耳傾聽別人講些什麼，旁邊說：「我們很好，妳在裡面別擔心。」她心底複述一遍，她不曾學會與母親交談，但仍盼望和母親隔周一次的會面，她感受得到母親的本能，母親似乎也在沉默地輻射。

她大學畢業出國念書，出國前去看母親，母親問她修什麼？她說：「心理。」那年她母親外表退到幾乎和她一般年紀，甚至比她小，因為神情。她和晨安長相似母親，白則像父親，她們遺傳母親的容貌，母親卻像她們犯了錯的女兒。母親開始敘述準備多年的話，包括和晨勉父親未結婚前去住旅館的細節。打工的生活非常沉悶，未成年的女生主動帶浪子去旅行，性的國度旅行——小女生一直就了解自己是什麼樣的人。

晨勉絕對相信因為某種力量，使母親未接受太多啟發，即有能力分辨感情應該是什麼樣子。她母親知道自己需要什麼樣的感情。甚至走到殺人被關地步，渾身仍沉默而堅定地釋出一股對愛的神祕信仰氣息，並且因為這份信仰，使她一直保持年輕。

會客時間結束，她母親率先站起身，毫無眷戀：「我寧願妳們一切像妳爸爸，而不是像我。妳父親是個很有活力的人，充滿了變化。他能控制我們的關係，卻無法控制自己該去的方向，我們情感無路可走，他必須把我們推到沒有空間的地步，生，或者死。」母親懼怕沉悶無變化的生活，想到母親在牢裡這麼多年，那裡任何變化也沒有，生命裡最小的空間。就在那一刻，那種痛，晨勉生出另一個自己——正同步與美麗、不解憂愁、重視兒女前途的母親在家裡話別。「那個晨勉」將出國讀戲劇，於是晚上全家——她、父母及弟弟將會到餐廳聚餐。那個晨勉外在個性明亮，內在如謎、處處流露性格矛盾散發出的迷人氣息，並且，嚮往作夢的能力。那個晨勉，不懂感傷。那是她第一次和符合世俗價值的晨勉交換視線，一個真實的晨勉。晨勉望著眼前母親青稚的臉龐，如此虛幻，她將透過「真實的晨勉」傳達生命訊息，完成另一種生活。她確定了——那個晨勉將隨她一起呼吸，填補她的空白。她說：「媽媽，再見。」

她母親內心並沒有她和晨安，感覺母親只是單一活著，思念丈夫情感上的好，刻意輕忽自己殺掉他的錯。她母親只關心這件事，最後等著告訴她及晨安。

她在國外兩年，晨安大學畢業出國前夕去看母親，母親亦說了同樣內容的話，晨安上飛機，母親在牢裡自殺身亡。她在國外保持每周打電話回家的習慣，外婆不識字，她非常不放心外婆和晨安，母親死時，晨安仍在飛機上，外婆不要她回去，一切都在外婆意料中。老人說：「事情已經發生了，回來也改變不了，現在我反而心定了。」她發現他們家最了解母親的，是外婆。至此，愈發確定母親二度活著是為她和晨安，沉悶的活著。

晨勉拿到學位，一天都沒多停留。「真實」也該念完書回國了吧？沒有事情發生，她暫時無意視見另一個秩序。她回國後，進入一家外商公司擔任市場分析，把外婆從南部接到台北住，將以前背景整個切除。她無意隱藏身世，但總不能碰到人問就自白，何況沒有人問，她讓事情變成這樣。找到依靠後，外婆很快變成一般老人，開始嘀咕女孩子婚姻最重要。她和晨安學業有成能獨立後，外婆加速老去。親眼看到外婆來日無多，她非常不安，她必須擋住外婆老化的速度，她和晨安商量她們之一得儘快結婚，安慰外婆。

晨安動作還真神快，不久放出消息將和英國人亞伯特結婚，晨勉由衷大笑道：「妳跟外國人結婚等於沒結婚，外婆哪懂洋文。」晨安說：「真是的！那這個算了，我另外再找。媽說爸爸那種男人好，有活力，不懂方向，我只遺傳不懂方向這點，我再試試看，也許媽講得對，有活力的，就不懂方向。」她們現在比較能開自己玩笑了。她回應：「外國人就外國人吧！我連半個外國人都找不到，也許這樣亂搞，結局好點。」她那時不知道，她說的正是自己。

晨安要外婆一定主持婚禮，婚禮在英國倫敦近郊一個小城舉行，晨安將住在那兒。晨外婆第一次坐飛機出國，那簡直是天大的事，老太太甚至要晨勉教她幾句洋文。晨勉教了以後，老太太回復小女孩時期求知精神，整天背整天忘，晨勉興致極佳，不斷補充新句子。結果她外婆從搭飛機到目的地簡直教晨勉大開眼界，說什麼海關、空中小姐都懂。外婆的意志力，她是見識到了。

老太太很喜歡洋孫婿，當場賞了個大紅包，洋人天生對金錢有套衡量標準，也很歡天喜地，反正是作戲，她暗暗覺得可悲，她外婆是真心的。外婆一輩子沒真正高興過幾天，全教那幾周給占了。晨安偷偷告訴外婆已經懷孕。外婆邊笑邊罵：「遭天雷噢！這樣沒規矩！」她知道外婆是高興的，終於有個人比丈夫更血親陪晨安。晨安的「成就」顯然大過女兒。又有學問又嫁得好。反正那段時間整天鬧，又吃又喝又玩，完全不像她們的生活，也完全不像來參加婚禮。沒有內容的日子更累人，但那一刻真希望外婆能留在英國別回到以前的輪迴裡，什麼都沒有發生過。

她問晨安：「妳會一直愛亞伯特嗎？」

晨安說：「什麼一直，我從來沒愛過他！」

她怎麼一點不驚訝：「那孩子呢？」晨安說：「哪有什麼孩子，哄阿嬤開心罷了！」抬起頭笑笑：「人不為己天誅地滅，我才不要真的愛上人呢！」這句話多年來最教她心疼晨安。晨安不是沒有愛的能力，是壓抑自己愛的能力。時間到了，她決定帶外婆回台北。再演戲下去，就要穿幫了。

晨勉牽著外婆回到台北，透過進出國門的旅客身影，她需要另一個世界的秩序，召喚出「那個晨勉」穿越機場入境大廳，憑關係進入國家劇院，與晨安同時，熱鬧無憂地結了婚，先生叫馮嶧。她老了，那個晨勉和丈夫還年輕，關係牽絆安於生活，從來不缺乏情感。「那個晨勉」天生明快，敏於嗅聞真實的情感。

她回台北後，又碰過幾個男人，發現自己這輩子比別人更容易碰見男人，但從不拿這當回事罷了。事實上她也還年輕，才二十六歲，卻比別人更注意結婚這件事。她需要情感，她清楚意識到這點，不是急，是無法想像那種從沒發生過的全新的生活，對她多麼遙不可及。她那股深沉的對命運質疑的味道、恍惚、神祕，無法複製或大量打造，使她更吸引人。男人覺得她和一般女子不同，她沉默、思考而且善於承擔。更因為她漂亮得不俗，他們相信那完全因為她的想法，而使她有不同的容貌。

毫無個性可言的生活方式，晨勉再度失去那個晨勉的消息。唯一值得遵守的秩序是晨安在該生孩子時，寄來了和嬰兒的合照，不知道哪兒借來的嬰兒，完全是個洋娃娃，晨安光明正大說謊，但是她們外婆相信隔代遺傳，說嬰兒像外公。她們這世紀了，還發生十九世紀的事，晨勉覺得荒謬，但是她知道晨安一向比她決絕——她們為自己最在乎的人活，又不為別人！晨勉實踐這律則的記性特別好，不知道這點像父親還是母親，她只知道，在這樣的命運裡，越來越想了解她父親是個什麼樣的人？為什麼個性強烈，卻不抵抗命。人生真的全是偶然嗎？譬如外婆過世後，她去應徵香港工作，十五分鐘便決定了她的未來。

兩個月假期比想像短，晨勉還記得那天，飛機升空後，她不知怎麼頻頻下眺，台灣真小，比她第一次離開時更小，飛機很快就出海了。她是到後來才明白，那刻她是在對三十歲以前的生命告別。她在台灣那段時間，回過一次南部，甚至到以前住過的巷子逗留，最後在大門種有鳳凰樹的旅館住下；行經母親死在裡頭的監獄；去上父母的墳。母親死後，外婆將骨灰領出來與她父親合葬，真不知道這是一種什麼樣的組合，母親生前殺夫，然後還愛他，最後葬在一起。是誰同意的呢？母親自殺並未留下任何遺書。

晨勉在南部小旅館住了十天，過和停留台北時一樣的生活與步調，閱讀及思考，循著她的思考路線到達每個事件中心，便久久停留在那裡。除了愛情，她想，這就是她的全部了。

事實上她待在哪裡都一樣，而她就是越來越沒有辦法在一個地方固定太久。她非常明白，如果有一天她決定在一個地方長時期停留，一定是她生活中發生了無比重要的事。比她母親死亡更重要的事。她母親死亡，代表生機戕斷了，對她，所謂「更重要」，必然因為導致「改變」，因改變而繼續。這改變，重要而不可怕，否則她會放棄。以她目前已經沉悶了一長段時間的生活形式，她隱約覺得正在等待的那刻即將來她曾對晨安說起這些，晨安大笑：「人家雙宿雙飛，那妳就更沒機會了。」晨安要她形容那些男女的長相給她聽，她想了想：「沒什麼特別，只覺得那些人不男不女，尤其男人，性徵不太明確。」

晨安樂了：「那妳怎麼知道他們做愛？」

「他們認為這是度假的一部分嘛！只得全套履行。看不出他們有什麼腦子。」她因為感慨衝口而出：「如果有一天我在人群裡發現單獨度假者，我就主動追求他。」晨安當下要她發誓。她發了誓。

關於香港，她從來沒一種主動感，她只是站在那裡等待事情發生。香港是一個太現實的地方，沒有傳奇，那是她敢發誓的主因；其次，她的生命從來十分模糊，沒有可供分辨的時期，沒有愛情時期、友情時期……，愛情時期裡又沒有什麼麥可、喬治、威廉時期……，她看不出有「度假者」的可能。

那天，她又重新回到一個她熟悉的地方。下飛機後，天色仍亮，晨勉出關後望了望天色，當下決定先回離島。在開往她的島的船上，尖峰時間，整船爆滿，人們趕離島吃晚餐，關於擠，這條船及船上的人大概都習慣了；她被逼得站到角落。

在那裡，她看見了丹尼。他一個人坐在角落看書，篤定閒適，沒有咖啡香，環境也不夠怡然，但是他本身發散寧靜氣息。她還不知道他的名字，先看見了他的生活習慣，是的，他正是一個有生活習慣的人。生活對他而言，是飲食習慣、旅行習慣、思考習慣、閱讀習慣的組合，她遇見他，遇見了他的習慣，並且整個人，包括身體內在被召喚吸引蘇醒過來。但是那瞬間，她看見的，是一名單身前往離島的男人，並且在她生日這天，她立刻就想到允諾晨安的那則誓言。

她這些年也算見識不少人，知道她這樣的女人，什麼男人會注意。她站在原地沒動，丹尼抬頭看見了她，毫不猶豫起身走過來，請她過去坐，他有事請教她。他問晨勉島上哪裡可以住，還有吃的特色。他來以前，閱讀過很多書，但是根據香港本島那幾天的經驗，那些指南不太可靠，他十分迷惑。晨勉告訴他不是他或書的錯。香港充滿變數，而且中國口味各有各的堅持，菜色花樣繁雜，沒有人可能在短時間內找對門道。丹尼放心了，丹尼來自德國，理性達到溫和，而且關注主題一致性。他恪遵一種教養，不隨便問女性住哪裡，他對她的好奇，僅此而已。他當她同樣到小島旅行，下班船就離開，理性到晨勉甚至只說了她的姓——霍，也能接受。這個姓的音，外國人也有，所以並沒因糾正他發音而引起的一連串情感效應。

晨勉上岸後幫忙問到一間海邊度假小屋，不是一般麕集在碼頭附近那種，是翻過山頭另一面海邊，地處偏靜，視野也望得較遠，她想到他那麼大個子在「迷你」屋裡打轉，不禁搖頭失笑。他問：「怎麼？」她說沒什麼。晨勉建議他租輛腳踏車來往碼頭及住處，還可以騎到山頭。丹尼問還有機會再見到她嗎？她說：「也許。」房東自我介紹叫「平姨」，急著帶丹尼去住處，怕他跑了。晨勉幫丹尼登記證件，發現他比她小六歲，並且了解他將在離島停留一周。她確定她不懂外國人，他們大部分可以在一個毫無回憶的地方待上很久，既不工作，也不追求什麼發生，就是待著而已。

他們在人群裡道別，她望著他鶴立雞群往更遠處流動，彷彿一株寂寞的海邊椰子樹幻影。正是滿月的日子，月亮東往西移騰空時會在海面上直直照出一道光橋，光橋隨著波浪流蕩而擴大；隨著月落，光橋逐漸縮短，天便亮了。沙灘上整晚有人閒蕩，人們到了離島上，突然成了夜貓子，晚睡也晚起。

事情的發生有時候比想像中簡單。她回到家，每周來打掃一次的清潔工將屋子整理得很俐落、她從不儲存食物，正逢她生日，她照例跟晨安通電話，晨安要她去找外國人一起過生日，趁機結束她的後童年時期，她叫晨安閉嘴。

估計第一波人潮已過去，九點左右，晨勉來到碼頭。沿碼頭長岸排開陣仗，一簍簍魚、蝦、蚌類，這島上食物旗幟鮮明，但關於用餐，說困難，又明明全在眼前。海水魚五彩斑斕鮮豔，群體生鮮巡梭於水族箱裡，不像魚，像一枚枚藍珊瑚、粉紅鑽、綠松石、珍珠白，她正發愁魚的大小，丹尼出現她旁邊再平常沒有的說：「我可以和妳一道用餐嗎？由妳點菜？」她從來不知道外國人這麼會認東方面孔。

他們坐在最靠近碼頭桌位，停泊在港灣內的船隻肚腹亮著燈人影晃動看電視、吃飯、洗澡、晾衣服。有個小孩站在船舷放風箏，淺藍色風箏，映在深藍天色，像枚方形月亮。

丹尼顯然看過這方面資料，了解他們叫蛋民，他沒指出這些船民的專有名稱，但神情平靜，她感覺他知道，而且明白蛋民要在船上過一輩子，這點，他比較難接受吧？他們對坐視線望向對方身後，如彼此的複眼，立體而非平面風景。離島上買海鮮跟煮海鮮分家，挑好海鮮後，會有店家來問你怎麼做？蒸？炒？炸？望著店家派了個小孩來提走他們的海鮮，丹尼問：「他們不會弄錯嗎？」她搖頭：「機會很小，反正不是你的海鮮就是別人的海鮮，就那幾樣。」她首次發現，兩個人用餐竟比一個人更難，點什麼都不對，不是太多就是太少，通常是太多，一道某方不喜歡吃的菜，雙重地變多，簡直是一大盤。一個人吃飯，沒有冒險的成分。

丹尼選了條豔藍色的海魚，再藍的魚煮過後，也變成紅色，她不了解這中間有什麼原理，這也許重要，在這一刻不重要，她舉杯說：「生日快樂。」丹尼的確擅於分析、歸納，當即明白是她生日，他敬她，並且很自然的俯過身子側臉吻她：「健康、美麗。」她笑了：「我要親你可沒那麼方便。」他頑皮地說了一大串德文，她挑眉質疑，他神色正經：「隨時候命。」他樂於俯身讓她容易親吻他。晨勉知道他德文不是說這些。而這種事不能往下猜。

晨勉有許多年都是一個人過生日，她非常重視自己的生日，幸福與不幸福兩種人特別重視生日吧！外婆在的時候，她不願意表現出來，外婆比較在意忌日，每年燒香給她父親；母親死了，又燒給母親。她則重視生日以及和母親的關聯，她甚至想像母親懷她前的歷程，這是她這輩子的前經驗。這些年來，無論她在哪裡，她一定會正式過個生日，感覺自己的存在。她現在越來越確定母親激烈的過去，帶給了她更深沉的生命記憶，她不是那種什麼事都沒有發生便長大的女子。她越過丹尼的肩膀看到海，也聽到喧囂的市聲在背後形成浪潮抵抗大自然，而丹尼年紀小得多，恐怕一切都還未發生吧？他是那種正在等待事情發生的男人嗎？

天邊急速陰暗下來，一道閃電從海面抽高，丹尼問她：「霍，小島上下大雨是什麼情況？」

「海浪明顯升高、雨水迅速流到海裡。無處可躲。」

丹尼搖頭：「我完了，我有恐雨症。」

「你怕雨？」

「嗯，德國很少下雨，對我是一種神祕經驗。」他不願意談這件事。晨勉看得出來，丹尼厭惡下雨，一個人天生的厭惡，是很難改變的。她莫名地突然低聲問：「好像你們的生育率也很低？」丹尼：「年輕人結婚的很少。」這種問題跟下雨一樣，皆非丹尼所愛的話題。

丹尼從口袋裡取出一枚銀戒指，式樣簡單，戒面伸出一抹蛇信似的慰藉姿態，銀的成色配上戒指的式樣，彷彿一道寧靜的光，看得出來，這枚戒指有種特別的價值。

丹尼講話像中國人：「送給妳好不好？」不知是怕觸怒她，還是怕她誤會。這兩樣她都不會，她向來眼裡無視比她小的男孩。比她小，對她是不必要的負擔。

她和他不過一飯一船之緣。一位單獨前來離島旅行的外國人、又在她的誓言裡頭，要不要接受這枚戒指呢？接受了是不是就要實踐誓言？晨勉不安的是，這一切他並不知情，益發似命運之咒默默發生。

「妳戴戴看，如果不合適，就不用遲疑了。」

丹尼為她套上，有點鬆，她正想除下，丹尼扳直她手掌歪頭欣賞：「正好！」飾物最不需要語言，沒有國籍。在那一刻，晨勉原諒自己輕易接受丹尼的禮物，也暫時忘記丹尼是她的誓言。

她問丹尼：「你上一站在哪裡？」

丹尼：「關島，我喜歡島。」

一個喜歡島的男人對晨勉來說，比具備什麼好條件的男人都危險，她再度沉默下來。雨似乎隨時準備下下來，丹尼明顯不安，晨勉抬頭仰望天色：「也許不那麼快下來，這個島太小，烏雲不見得對得準。」丹尼笑了：「我就是討厭淋濕的感覺。雖然我喜歡游泳。關於水，一種什麼都不能做，一種是休閒。」

果然烏雲很快過去，他們的菜清爽可口，這對丹尼來講似乎也很重要，明確的象徵一種異國情調吧！晨勉發覺，丹尼內外就是一個男孩子，是個會主動思考澄澈的男孩，不是那種你丟問題給他才試著釐清思考的人。他不處理問題。

丹尼已經意識到她住在這小島上，但是還不了解她其他狀況，例如婚姻，因此他們唯一沒有談到的話題，就是婚姻。在晨勉看來，對兩個才認識的男女而言，他們的用餐時間太長了。

丹尼頗能飲酒、吃海鮮；他愛啤酒，說純淨。確定不下雨之後，他放心暢飲。夜不知不覺降低，幾乎平貼海面，與海水一般深藍近乎黑色。他們周圍人潮陸續搭船離去，雨水般疏散海中。獨留下的店家燈火通明，一張張適合家庭或團體進餐的大圓桌空了下來，頓時顯得數目龐大。只有他們這一桌，桌子跟人是在一起的；如在一個空的舞台上，鏡頭拉高定格。島上樹少，襯托得環境如畫只有人、海水、餐廳。

丹尼已經喝得五分醉意，一雙灰藍眼珠布滿深海似的幽光，從海底發出，接近他心

「對中國人來講，這不是病。」

「我來道歉，我在這條路上騎了一天車，希望見到妳。也謝謝妳昨天帶給我那麼好的食物和記憶。那是我旅行途中最有意義的一天。」理性達到溫和，仍是晨勉對他的第一印象。

「最有意義？」

「因為難忘、印象深刻還有妳。」

丹尼是那樣直接表達他的情感，這對晨勉來講，她認識的男人裡沒有一個具備這分勇氣與情操。雖然他們願意跟她結婚，但她從來不是結婚的問題，而是一種真正的熱情像她父母那種，從身體深處彼此需要、在他們不需要婚姻無視外在環境時結婚的自由。她父親離開了她母親，仍被母親執信的，就是父親原欲的愛，以及自己對他的愛。

她笑笑，兀自索然無味起來，那又怎麼樣呢？愛情就跟香水一樣，總會褪味，好香水跟劣質香水差別不過官能感覺。他是直接表達出來了，到此為止吧？一瓶好香水，非他所發明，他不創造這種愛的公式。

晨勉脫開他的手，取下戒指：「我戴過了，還你好嗎？」

丹尼搖頭：「妳不會相信的，這戒指從來沒有人戴得住。這是我小學時，我媽做給我的，我一直帶在身邊，用銀粉擦拭；她預言有一天將送給套得進的女子。後來我想也許我注定要找一個東方女孩，東方女孩纖細。我剛拿到經濟學碩士學位，家裡獎勵讓我出來旅行，我感覺這次一定會碰到這個人。」

「你常拿出來讓人試？」晨勉聲音暗暗的。怪不得他在整條船上看見她，而且到亞洲旅行、到這個島。當然，她並不懷疑他原先便喜歡島嶼。

丹尼大笑：「妳看，我就知道妳在乎，當然沒有，我只用眼光判斷。」

晨勉不悅：「你太相信你自己了。你母親是藝術家嗎？」

「嗯！很好的藝術家。」

「是啊，在你小學時就幫你『注定』找東方女子。」

「那是她非理性的一面，我爸喜歡她這點。」

「你呢？」

「看妳是理性的，還是非理性的。」

「我喜歡吃人，我們家族有這種遺傳。」她冷淡說道。

丹尼討好她：「吃人也可以很理性的。」

她本來不知道丹尼為什麼要取悅她，但是他同時表現了他的誠意。他讓她知道他不會有隱瞞她的行為——譬如他不會將所有的心事告訴晨勉卻偷窺她的反應；譬如他其實一點都沒有想過結婚以及不要孩子，孩子是很嚴肅的事；譬如他結了婚絕不離婚，他若和別人結婚便不再和晨勉來往；而且他不會為她多在小島停留。他這些說法聽來很無情，不乏矛盾，然而光明正大。晨勉了解他為什麼要告訴她這些。

令她吃驚的是，她在這場類似自我介紹敘述中，身心逐漸安定，彷彿找到了歸依。這是什麼歸依呢？他不會為她多停留；她不會去他的國家找他。

他們在沙灘上走到天色全黑。對海的燈火隔著水氣氤氳閃爍，海水並不全然漆黑，它會反映天光；油靜的水面彷彿對岸的燈海將燃燒過來。她走在丹尼前面，他們一前一後影子如彼此追逐。走著走著漸漸眼前又亮，街市的燈光，火把般點燃這個島。

丹尼伸手過來握她，晨勉說：「不要這樣。」她不喜歡這種太方便的小試探。

丹尼緊緊握著她：「不是，我是看妳還發不發燒。」

丹尼要她早點回去休息，她問他準備去哪裡，他說可以去她家喝昨天那種紅葡萄酒嗎？他想陪她。晨勉可以準確地分辨男人要什麼，丹尼站在這種世俗的嗅覺之外；他不像她相處過的外國男人，她和他們沒情感。

「你不擔心下雨？」她取笑他，突然心生喜悅。

他回敬她：「我今天沒喝醉，妳可能需要雙重的擔心。」

「什麼雙重？」

「妳的病和我啊！」

結果他們仍去了昨天的港邊露天餐廳，晨勉重新換批菜色，點了冰啤酒，完全跟昨天不一樣的生命展開。丹尼僅口頭上提醒她仍在生病，如此而已，他的理性就是不掃興。

這回他們同時望見月亮在海面上劃出一道光橋，光橋邊的船家和昨天一樣生活著，甚至在船上養狗，拿船上日子當平常日子。

「你知道蛋民們為什麼過這種日子，還要生孩子嗎？」晨勉知道為什麼，他們沒有出路。晨勉喝了口酒，察覺體溫往上升，情緒往下掉，掉入情緒的最底層。她這些年來一直是一個人，有時候難免孤獨。卻絕少像現在這般軟弱需要傾訴。

她嘗試說故事般對丹尼說起在獄中的母親，年輕即結婚、極需要女人的父親，過世的外婆，還有晨安。她極端複雜的家世，如電影本事，她不問丹尼要不要聽，她如低聲敘述給自己聽，整理她三十歲以前的生命。

她可以確信的是，丹尼是一個冷靜而感應絕佳的聽眾，他像一座燈塔。當她陳述母親獄中那張最後見到的年輕、無視痛苦的臉，她和晨安這輩子都欠一份回報之情——她母親承擔了她們。晨安不要孩子，她則不清楚自己究竟要不要婚姻。丹尼堅定的發出訊號：「霍，這不是罪過，對妳想告訴他的人說這個故事，不要覺得羞恥，這是妳的祕密。但不是不可告人。」

他引領晨勉說出身世，她的故事，她的家以前一直異常，她到那刻才確信這些其實並不那麼嚇人。

「丹尼你知道嗎？我現在才覺悟人生原來可以因為不堪而特殊。我比你大六歲，但不比你了解人生。」

「這跟年輕沒有關係——」他有一點困難地說：「我是說愛跟年齡沒有關係。」他側身望海，不願意她看見他害羞的表情。他也是第一次說愛嗎？像她第一次說身世？那麼，愛情一定是他最大的祕密了，如她的身世對她。她完全沒有想到。

他送她回到家，緊抿唇線站在她前面：「我下次一定要進去喝葡萄酒。」她了解他話中含意。

丹尼伸出雙手：「可以嗎？」不等她回答，輕而快速地攬她入懷臉貼著她的臉，移動面頰，緩緩摩擦她的唇線，這刻，晨勉身體完全失去溫度的知覺，只有臉的存在。

「可以嗎？」丹尼仍然不等回答，氣息整個撲向她，從容而直接。她可以不明白愛，但是明白他的身體。他的身體今天只親吻她，當然也可以延伸。丹尼看待自己的身體亦是理性達到溫和。

他停止親她，雙手圍抱住她，無聲地讓她體會他的心跳，歎了口氣，後退一步凝視她：「妳好香。」他也是，一種香的敘述方式回應她的誓言，她惦念那呼吸、他身體裡發出的氣息。她渾渾噩噩不知是高燒還是對氣味敏感，她甚至以為夢中他這樣離開過她，而且相同的坡道與海浪聲，她又十分清醒地意識到，她從來沒遇見單獨前來小島的男人。她想，她不是生病就是瘋了。

夜半時分晨勉在雨聲及電話鈴中醒來，這兩樣事情一起發生，她幾乎以為是丹尼。

是晨安打來的，不管時差，晚上又一直沒找到她，非常記掛她的「丹尼」。晨勉才想起丹尼並沒有她的電話號碼，她沒好氣的對晨安說：「正睡在我床上呢！」

晨安大笑：「那妳就不叫童女霍晨勉了。」晨安對這種事非常容易興奮，以巫的語言略帶邪惡說：「他才剛十分技巧地吻過妳對不對？」

「妳又知道了！」

晨安戲劇性地描述：「聽妳的聲音啊！綿綿、沉沉的，像在夢裡一般。」

「那是因為我病了。」

「霍晨勉，妳如果不去愛他，妳才會真的生病呢！」晨安不知怎麼，對待家人永遠無法冷靜。晨勉原以為外婆死後，他們家就真的散了，是晨安的反應讓她明白特殊的家庭身世，使她們永遠在同個島上。

晨安掛電話前叮嚀：「妳不准隱瞞任何情節！隨時我會來打聽。」晨安的性生活開始得很早，她說她什麼都要試試看。

「晨安，這又不是我第一次遇見男人。」晨勉抗議。

「那些不算，他們沒有讓妳變成女人。」晨安掛了電話，但大雨仍未停，重重地下在海面上，此時此刻聽來，的確令人不悅。她發現自己渾身滾燙，像個火球。

第二天早上，晨勉坐船往香港本島看醫生、順路回公司報到。她在醫院折騰半天，打了一瓶葡萄糖及鹽水針退燒。她的身體死亡一般僵硬，但是意志清醒。她用意志力控制自己的樣子，及對香港的看法，像她母親當年在獄中。這個價值混亂的社會，就是她的牢獄。她的行為也許和別人不同，但她母親是正常的，她也是正常的，丹尼說的。她又懷疑終有一天，他們若交往下去，丹尼會絕望地發現：「妳是個瘋子，妳知道嗎？」

總公司已經批准一項經費龐大的亞洲促銷計畫。計畫當初由她一手主導與完成，促銷過程需時半年，也就是說她隨時會離開香港出差。

公司副總裁喬治見到晨勉回來，立刻召開初步工作會議。定調晨勉兩個月後將去東南亞各城市督戰，這次策略主攻男性香水，亞洲男性的香水市場是個未知數，唯一確定這個市場從未被開發。

「亞洲男人將開始有他們獨特的男性味道。」喬治對晨勉說：「Charming，為個計畫的成功，一起吃晚飯好嗎？」

「我另外有約了。」晨勉的英文名字也是晨安決定的，「晨勉」直譯成英文，正是「Charming」，迷人的。她不願意說她病了，這樣麻煩更多，又是鮮花，又是電話，洋人這一套是一種沒有名目的浪費，不浪費情感，也不浪費生命。可以完整的一套再重複。

「男人，你們死定了，你們將不再有自己的味道。」晨勉想到丹尼身上的氣息，他們正要毀滅那股氣息。原來這些男人一輩子沒有被女人啟發過，也許愛過，但女人不懂得他們的呼吸，更別說他們的生命節奏。所以他們自己也不懂。

她回到離島正是午後太陽爆烈時分。丹尼在碼頭等她。她看到他毫不意外，她不願意多想。如果在他的國家，他一定過著另外一份生活，他忙碌、工作、人際……。只有旅行及愛情，使他完全空閒下來。她遇見他最自由的一段時間，使他們相處空間加大，什麼也沒有，只有對彼此的好奇及需要。身心皆如此。

丹尼騎車載她回住處，沿途一句話未說，島上禁止開車，她的車只有在香港本島才有用。丹尼分外沉默，彷彿正面對人生最大的難關難題。

她開了瓶紅酒，坐在對面沉默看著他。火燒著她，她的意志力不再存在，整個人灰飛成一片一片，沒有思想，也沒有生命。

丹尼飲一口酒俯身吻她，酒在口中流動，他以舌尖將酒推進，舌尖留在酒去的地方，她的舌尖。如兩具彼此試探的身體。

丹尼低聲說：「妳還在發燒，醫生怎麼說？」

「會傳染。」

丹尼笑了：「你們中國人不是有把病過給別人的說法嗎？霍，我好想念妳。」

她回吻他，臉頰輕輕摩擦他。丹尼舉高手臂，以手臂內緣撫觸她臉頰，她又聞到那香味。他們有生之年將在何處重逢？現在他們遇見了。

她對他的想法，將她重重推向他，他以同樣的思念回應。

「還有四天。」他說。

四天的時間，愛走多遠，愛力就走多遠。他全身下壓，一切都不急。她終於化成一種慣性動物，想要向習慣迎去。丹尼啊！她呼喚他，需要他引導。

丹尼仰起身子，迷惑的看著她，她不知道怎麼解釋這種事情，但是她真的不知道，做愛也有某些習慣。她不習慣放開她不做愛時的習慣。

「妳是第一次做？」丹尼拿開她放在臉上的手。

淚水順著眼梢流向頰後，她點頭，這件事連晨安知道都未必相信；丹尼的細膩使他立刻就發覺了。她不需要敘述細節，丹尼了解。

愛使他們同心，但是做愛使他們成為連體嬰。她在淚水裡看見丹尼年輕的身體，因為她的淚水而溫柔散發潔淨的光，她因此變得勇敢。她直起身子回抱丹尼，淚水的臉頰平貼他胸膛微凹處，彷彿那張臉天生就該長在那裡，作為他的眼觀看這世界；並且是耳朵，聆聽他的心事。

她問他：「可以嗎？」

丹尼以淚水回答，不顧一切帶領她遠離她的禁室，是座島，就飄向海水，承載船隻；海底，也有草原與高山。晨勉說：「我不能呼吸。」她不懂為什麼她感動就無法呼吸。

丹尼長吻她，吹口氣，幫助她呼吸，晨勉覺得自己正一寸寸潛入深海，也許是泡沫也許是變色魚，在水草四周變化顏色、改變自己。深海無浪，但海溝形成高低欄，忽高忽低翻越他們，洗淨他們。

不知道過去多少時間，他們回到島上。

晨勉睜開眼，看到丹尼灰藍色皮膚，是室外穿過樹影隱隱透進來的綠光映在丹尼白皮膚上，原來剛才滑過水草的變色魚是存在的。她用水手撥弄他灰藍色眼瞼，她的手指變為灰藍。是雙綠手指。

「妳『呼吸』得十里外都聽見了。」丹尼輕輕吻她，微笑望著她。

她瞪大眼睛，啼笑搖頭，想到剛才可能發生的事。丹尼不知怎麼貼著她的身體又興奮起來，抓她的手蓋在他胸上：「妳看我的心跳。」她察覺他在壓抑興奮，故意移動注意力，便無言地用腳板撫摸他小腿內側，微微搖晃在他下面無法動彈的身體。

丹尼不要那麼快再開始：「霍，妳不是我第一個做愛的女孩子，我也不要第一個和妳做，不過，這真像我平生第一次做愛，而且這種感覺我第一次無法形容。我喜歡妳的『呼吸』，那比什麼都值得爭取，是最大的讚美。」她的燒很快退了。過給了生命本身。如果她從此有了欲的生命，是他給的。

每天早晨醒來，丹尼習慣在床上靜靜躺一會兒，什麼都不想，不管任何地方，不管發生任何事。只有一次例外，他抵達離島第一天，剛睜開眼就跑來找晨勉。

「因為已經過了早晨，醒來不是早晨，還躺什麼？」

「當然是早晨，下了一夜雨我根本沒睡。」

「沒睡就更不用醒了。」那麼強的力量讓她願意取悅他。像他討好她。

丹尼撼動於晨勉生著病仍跟他做愛。他要晨勉跟他回德國，也許他們不結婚，但是生活在一起。

晨勉不願意拿自己的生活下注，她剛開始了解愛，認為不適合介入太深，她需要距離。

他們是兩個可以分辨愛之不同的人，他們的能力可以深入愛，卻無法擴大愛的生活。他們都不知道怎麼放棄自己目前擁有的生活，尤其晨勉。

丹尼畢竟年輕，他對晨勉的愛一時無法理清頭緒，他不要這件事變成萍水相逢，或一夜情，他從來不談「突然」的戀愛。

丹尼確定晨勉不跟他走之後，每次做愛就像最後一次，絕望而深刻。他每次在晨勉意志力離開她身體時乘機淆惑她：「霍，跟我走！」

晨勉總回答：「我會在另一個島等你。」

她還記得第四天晚上，他們散步繞島半圈後回到碼頭，那裡搭了座野台，是關公生日。關帝廟管理委員會請了台戲祝壽，離島也選不起大角色，意思到了，然而場面是熱鬧的。小歌星的謀生方法就是擅長起鬨，頗有插科打諢效果。台上有唱粵劇的，一人分飾二角，忽男忽女，自圓其說。有粵劇、現代歌混雜的；有完全現代派的，每唱必索求掌聲，又說中馬票，又說中六合彩。觀眾被撩得心花怒放，也給樂隊不少掌聲。是離島的家務事，但是年輕遊客、洋人也看得興味十足。有老外為歌唱人員照相，當作是一種中國經驗；晨勉則見丹尼看得入神陷入沉思。她在一旁陪著欣賞了三人九首歌，歌星們無論穿著、談吐比一般女人俗，優點是認真，又唱又比畫，聽不懂也看得出怎麼回事。晨勉自己一個人碰上這場面，頂多聽三首歌，遇著正好唱廣東戲，她也聽完它，廣東劇本纏綿又剛烈的味道，她在其他劇種還沒聽過。野台戲和文化中心的演出又天壤有別，一有生命力，一高調。同樣腳本，戲的命運完全不同。

丹尼離開戲台時說：「也許我應該留在東方，沒有什麼不好對不對？那麼豐富的生活。」

丹尼在尋求留下來的理由。熱鬧的生活，深刻的晨勉，沒有答案的情感，現在這個島就是另一個島，但是他也不確定。戲碼將連演一周，他們每天聽九首歌。

丹尼離開前最後那晚，他要求去沙灘，他們一前一後走著，晨勉仍不習慣丹尼牽她的手。是個滿月，海上一片清亮，丹尼一直說：「我不放心妳。」遠遠傳來鼓樂喧天的雙簧戲。

晨勉：「我這樣已經生活三十年了。」

丹尼想了想說：「我不放心妳想念我時怎麼辦？」晨勉知道他指的什麼。丹尼曾說晨勉天生為他而長，他們一切都適合，就算他自己不想念晨勉，他的身體也會想念；他也這麼推算晨勉。

晨勉：「我還不清楚。丹尼，如果真的那樣，我就會像我媽一樣，先跟你，再殺你，因為我已經完全失去控制力了。」

丹尼：「妳會來找我嗎？」

晨勉遠望月光靜鋪海面，浪潮上一波波向月光撲去。她現在看事情的眼光為什麼總離不開丹尼？她的確不知道將來會怎麼樣，她現在看到他，他是一個實體，她對他的想念沒有那麼無法形容。丹尼曾說無法形容和她做愛當下的感覺，因為難以捕捉而離不開；他離開她，她就可以捕捉他嗎？

晨勉回答：「我會去找你。」她無聲問「那個晨勉」，如果是妳，妳的答案是什麼？她知道「她的晨勉」已經開始遇見祖，一個從國外回來的中國人。

彷彿一切都絕望。晚餐時，面向港灣裡的家庭船隻，丹尼說蛋民正在度「家庭之旅」，多麼幸福。丹尼一口氣痛飲三杯啤酒後不由流下淚，他對晨勉說：「我在感情這件事上從不勉強的，但是，霍，妳讓我焦慮。」

晨勉：「我答應你，我沒辦法時會去找你。」她確定，當她再見丹尼，他仍渴望她，但是已經經歷了好幾次愛。

後來下雨了，丹尼不再在乎雨，他們漫步走回去，雨勢雖然不大，海面仍響起巨大漱漱聲。丹尼來的時候，走的時候都下雨，雨水最後流入海裡，只有他們知道發生了什麼事。丹尼專注最後一刻，遺忘了雨水。他們似雨水中的兩座島。

「下次我來不下雨，就是我已經失去妳了。」丹尼握住晨勉的手，雨水順著他們的手臂匯集雙拳往下落。

回到住處，他們整個濕透立在前廊，衣服緊貼身體，丹尼細細欣賞晨勉：「多動人的一幅雕塑。」他在廊燈下脫盡彼此衣服，兩具濕的身體緊緊貼合擁抱，滴出淚水。

一整夜，丹尼夢囈般不斷反覆兩句話，一句是：「我失去妳了。」他彷彿跌入更深的夢境爬不上來，他翻過身體抱住晨勉，又知道那就是她；另一句是不斷問晨勉：「可以嗎？」

晨勉流著淚回答他：「不可以。」

第二天，丹尼下午班機。早晨醒來，亞熱帶時續時斷的陣雨正停歇，睜開眼睛，丹尼在床上靜靜躺了會兒，獨白道：「這是哪裡？」伸手摸到晨勉，他重重甩頭：「我還以為我已經走了。」

事情按照原計畫進行，不接受任何改變。成人的世界沒有意外，丹尼常說的話。晨勉送他搭渡輪，站在第一次看見他的位置，注視他柔和的臉，她笑道：「如果我是男人，我要留長髮。」她說著和當時完全無關的話。一直要到下次，他們在另一個島上見面，故事才會再繼續，現在，一切將暫停。她覺得傷感。

「為什麼？」

「神氣！長髮應該是男人留的。頭髮是力量。」他們的生活往前走，但是感情停頓了；他們彼此有感情，這個意義對她來說非常巨大，可是，他們沒有辦法在一起生活。

她像瘋子一樣對情感發生這種事有著異常的嗅覺。幸運的是，他們至少處在同個時空，而非並行世界。纏綿而剛烈，時空交錯，戲裡才有的事，她母親和父親多卑微的人物，卻發生了。她的那個晨勉和祖，他們也一樣。她問那個晨勉：「如果是妳，妳會留祖嗎？」她會。「那個晨勉」不會；一如她無法留丹尼。她們在各自的世界裡錯身。

2

多少年來，晨勉經常想起遇見的祖的那一天，對她這一生而言，她彷彿倒著走碰到了他，不由自主。她當時已經結婚，工作如願，她從來不在乎自己這一生形式上是不是完整，或者是什麼樣子。她不在乎情感，不在乎道德，只在乎內容及細節部分，譬如她生命中最大的快感來自做愛，一種很具體的行為。她因此確定這一生完全沒有必要改變。

晨勉生長在一個再正常沒有的家庭，父親、母親、一個小她三歲的弟弟晨安。母親教導她如何避孕、理財，晨安陪她成長。她這一生最可疑的事，是她從來不作夢，她不知道進入夢境是什麼狀況。她猜想比較接近夢境的是性。她從她父親那裡認識男人的，她父親從不避諱談男人性格軟弱的成分，他說男人通常沒有想像力、誠意、耐性，得靠性作夢，這是為什麼男人需要的比女人多。女人既然是個配角，她因此認定努力並沒有什麼意義，基因注定她人生整個方向。晨安常說她混吃等死，口吻充滿不屑。她欣然同意。

事實上，她周圍的人像世世代代活在泥淖裡的魚，只有朝更深的棲息地呼吸。她也看不起他們的生活方式；但是她自己好不到哪裡去。

晨勉大學畢業後出國學戲劇，主要拿學位，不是多麼前瞻理念的生涯規劃。她回國後碰上機會進入國家戲院擔任舞台監督，得經常跟不同的人接觸，她父親批評她像一座觀光旅遊島嶼，永遠提供一種生活的假象與休閒。

直到她遇到祖。祖整個人彷彿是用來感覺生命存在的，他的身體就是靈魂載體，能自主思考。祖天生有種熱情，不是對人或事物，而是生活，類似宗教信仰。一個男人最純淨、單一的性格。她碰到他，內在動能猛被撞醒，視見自己的生活多麼不值得鏡像，體會到那是一種完全的浪費。她花掉太多精力在營造假象——她的婚姻、工作。她覺得自己簡直瘋了。

祖的樣子及思考的方式像面光板，可以映照對方。晨勉因此讀到自己的生活內容。晨勉出生於四十塊台幣兌換一美元的年代，那時候大家都沒有錢，但並不最關心錢，社會內在聲音還未那麼嘈噪。突然之間，台幣升值了，人人有份，紛紛變成了一座座發言機器，同性戀課題成為道德試題，文學萎縮成極小眾文化，音樂卻變得戲劇性兼大眾化。以前那個好就是好，壞就是壞，一切清清楚楚的時代過去了，趨勢專家說有走勢才有行情。難怪她媽媽的口頭禪是：「這些人都瘋了是不是？」

她弟弟簡單得多，僅冷冷說道：「這種單細胞低等動物能幹出什麼有價值的事。」

祖是晨安在美國碩士班同學，小留學生出身，他父親要他母親追隨潮流帶兄弟倆出國讀書，家境中產階級，託了好友在那兒照顧，祖的母親在國外有了對象，過境機場簽了離婚協議書，他父親唯一的條件是兄弟倆回國跟他，祖的母親答應了，他父親簽了字，祖的母親上飛機後帶著他們搬了家，切斷一切聯繫。祖是懂事之後才知道他母親結婚的對象就是父親當年交付的好友。他母親勢必無法面對前夫，又不願意失去兒子，只有走這條路。他母親說：「我兩胎都是剖腹生產，不能再生了，你爸爸還有生育能力，孩子當然歸我。」

祖說他母親是個情緒表達極強烈的人，一生不能缺少愛，一直痛恨他父親叫她獨自帶倆孩子在國外，輕忽她的情欲和需要。她批評祖的父親太自私。

祖在大學時期嘗試和父親聯絡，他父親以前是位會計師，因係獨立作業個體，非常難找，一直沒有音訊，晨安回國，祖也請託過他。這次祖的博士論文研究台灣島嶼文化與劇場形式，祖壓根打定主意親自回來找人，他想像過很多種可能他父親的下場，一位中年失去一切的男人的絕望、寂寞與墮落，也許他早已從人世消失。祖非常不安，他的不安使他顯得沉寂。

祖為了保有和父親見面的機會，他和弟弟不管怎麼難都維持說國語的能力，他們生怕一旦不會講國語就錯失和父親見面的條件。他們拚了命念書，用最節約的時間拿學位，越早獨立越好。

祖比晨安小三歲，晨安對他的評價頗高，說他思考自由，靠自覺判斷事情而不是方法，晨安說祖是他認識的人裡頭少數性格沒有問題的人，他的生活不夠積極，那是他的習慣，而非性格。晨安說祖——完全不是單細胞那個圈子裡的角色。晨勉並不太能識別這其中有何不同，晨安說：「妳那個丈夫馮嶧不就是個例子嗎？」

「去你的！」晨勉以為晨安跟她開玩笑呢！

「霍晨勉，妳真可憐，妳的生命還沒有開始呢！」晨安語氣帶著一貫的譏諷。

晨勉火了：「你又開始了？你也不過就設計了幾棟爛房子，賺點昧心錢，你老實說，上次那棟輻射鋼筋大樓是不是你們公司承包的！」她發現他們家的男人一天到晚批評她。

晨安在電話那頭大笑：「妳就是對社會新聞跟花邊消息有天才，妳看看妳的價值。」

那時候她對祖反感透了，認定他是一個混貨，充滿虛假的戲劇性，晨安才瞄了眼的給予高評價。

晨安打電話來是請她幫忙為祖在劇院找個臨時差事，方便祖作研究以及聯繫父親。恰好劇院正進行一項譯介劇本計畫，要整理出一套歷年具代表性的劇作英譯。晨勉表示可以試試。

晨安這時突然正經起來：「霍晨勉，如果事成，這肯定是妳這輩子所做最有意義的一件事。」晨安從不叫她姊姊。他的口頭禪是：「去他的王八蛋。」

晨勉：「注意你的稱謂。」

晨勉一直到那天交談，對自己目前的生活都還有種熱鬧幸福的感覺，她生命當中的一切都與她十分親近，親情、愛情、友情、工作，除了沒有小孩。她相信等有了孩子，她會給予孩子最好的照顧。她計畫三十五歲時生孩子。還有五年。

當然她知道晨安一定不這麼想，晨安會痛罵她：「簡直瘋了，照顧那麼周到，又養一群白癡出來。」她認為孩子不是用來滿足父母的，有些父母實在太低能了，只好依賴小孩的生命力壯大自己。晨安說：「有些小孩根本一出生就是個童工，滋養父母，差別在於他們不是收入而是生命被剝削。」

晨安類似的理論一套一套，晨勉聽多後，開始懷疑晨安是不是有種道德上的潔癖，對性別、族群的本能排斥，也許他不是同志，而他們或者不知道晨安另一種存在的狀態。晨勉一旦有這種想法，便不由自主逐漸發展成一套脈絡，被她自己的好奇所控制，她約了她老爸一起吃飯。

她老爸乍聽是這回事，猛搖頭：「晨勉，怪不得晨安說妳是個沒有歷史感的悲觀主義者，妳就不能享受一下奇特的想法嗎？」

「那不是奇特，是歧見，我還沒有用道德尺度批判他呢！」

她老爸搖頭：「晨勉，妳真是一個活著很無趣的人。我真希望妳的生命來一番大變化，痛苦也好，失去也好，妳總是能多體會些生活的氣味。」她父親這年紀了，還保持對想像的包容態度。

她這一生從不缺乏教導，也一直有人陪伴，她的任何問題都有對象可以傾談，除了她的婚姻。她老爸的話使她頓悟，她缺乏的顯然是某種啟發。雖說她已經結婚，也沒有停止過談戀愛，對從事戲劇工作的人來說，那是常態。但如果有人要啟發你，創造真實情感，那才荒誕。很奇怪，她那個圈子的人，幾乎不相信真實的東西，他們無法想像真實。他們喜歡的是一種排練過的生活。他們可以控制。

最後和老爸那餐飯吃得晨勉索然無味，他們草草結束了用餐，在上半夜離開了餐廳。外面一片清朗、寧靜，完全不像發生或將發生什麼事，似乎一切都只是她庸人自擾、錯誤連結。可她開始相信自己真是晨安口中的平凡者，一生所碰到都是平凡事，沒有什麼內容，不那麼戲劇性，也缺乏一種真實感，若有點變化，那必定是命運降臨了。她突然有些害怕，一個人真得那麼強烈的情感才能改變命運？

她甚至不想見祖，害怕事件可能發生。或者在她潛意識，她感覺到他能改變她。她先聽說他的自覺了。

但是事情真正發生時，比想像來得自然。

她提供祖的履歷給編選小組參考，主管希望立刻跟他面談。

晨勉第一次看到祖，覺得他更像音樂家，眉宇舒坦，神色自若，彷彿內心有一小節樂章。祖相當高，說一口遣詞用字都正統的國語，然而氣質相貌較接近白種人。

祖見晨勉眼神流露驚訝，淡淡地自我調侃：「千萬別叫我去打籃球，我碰到的人第一句話幾乎都說我該去打球。」

晨勉笑了：「你該去打球嗎？」

祖想了想：「說實話，上了球場我連運球都不太會。」

晨勉：「怎麼可能？」

「我怕難纏的事，球員最難纏了。」祖不像開玩笑。

他們初次見面是談一個和命運或生活絕無關連的話題。晨勉於是拋棄了她的潛意識。不可能有什麼事會改變她的命運的。她很高興自己可以正常心看待這件事。

經過面談，劇院要祖立刻加入工作，祖將在台灣停留半年；就在這時，晨勉手上負責的戲《白色城市》進場排練，他們各忙各的，晨勉幾乎忘了祖。

回想起來，她後來的改變，是從一個反覆的問話開始的，她不停聽到有人問她：「妳要妳這個人生嗎？」「可以嗎？」「跟我一起走好嗎？」

彷彿就是那種很抽象的力量推動了她的軌道，她實在不解這聲音從哪兒來的，為什麼對她發聲。她把三句話告訴晨安，晨安要死不活地說：「那有什麼奇怪，妳知道嗎？是祖改變了妳的磁場，我要是妳我才不擔憂呢！去他的王八蛋！」

晨勉對晨安毫無辦法，晨安從國外回來，好像從宇宙外回來一樣，成了外星人。晨安的態度更讓她不安，她對未來的發展非常擔憂。晨安暗示她面對的在她是一件件已經死掉的東西——思考、婚姻、工作、人……。磁場？只有祖是有力量的。

她一定得忘掉那些聲音，雖然那三句話像預言，但更像幻想症。她儘量不要太焦慮，免得閉上眼睛面前便是一個舉火把急奔竄的女人，口裡狂喊著：「來不及了！來不及了！」

在精神渙散之前，她需要集中注意力。於是，她看到羅衣，《白色城市》的導演。羅衣就像她接觸的一切新思潮戲劇工作者，高談闊論，結黨組派，不見得討人喜歡，但是你不敢不理他們。她自己也從國外學戲劇回來，卻不那麼唯心論，積極營造風尚。她還是喜歡追求真實的事物。

羅衣的太太前陣子因血癌過世，不知道是不是這原因，他在劇場裡愈發專注，接近威權，演員非常怕他又期待他的注意。晨勉和羅衣事實上處得並不好。他們是合作的關係，但是晨勉的角色具有監督的成分，那正好使他們對立。

她越討厭他就越看到他，晨勉同時注意到羅衣經常在劇場待到很晚，等大家都走以後，他一個人坐在劇場中央道具桌前抽菸，因為排戲，排練室整個騰空出來，羅衣凝聚了空間的視覺焦點，飽滿發光。她觀看此畫面，感覺看到薄弱的真相——羅衣悲傷。

有天排完戲，他又坐在劇場中間抽菸，晨勉推開門，滿劇場是煙，她在羅衣面前坐下，她老爸說錯了，她對改變愛情一向很勇於嘗試。羅衣一陣沉默後撫摸她臉頰，為她深深吸引，霎時讓晨勉覺得她的愛是種德行，可以安慰他。

羅衣說：「妳的樣子很像她，我想念她那張臉，那張臉極特別，可以單獨存在，甚至不要身體。」他們曾經劍拔弩張的關係激發出晨勉滿臉淚，感動自己在這場對立裡活了下來，而他已經在思念她。但是晨勉內心再明白不過，自己一點都不像任何人。

他們並沒有在劇場裡做愛，他們的工作必須經常接觸身體，甚至長期訓練它，做愛對他們來講，反而是最自主的事，問題是他們先有了情緒，做愛變得比較困難。

羅衣帶她回家，屋子裡有幾張他太太的照片，永遠的活在自己的空間裡，果然生動，卻無侵略性。羅衣播放早先拍的實驗電影，不好看，太生澀做作了，一個女同性戀者的自傳，晨勉發現類型電影比較狹窄，劇中女同志為了隱蔽身分也談戀愛，探討自己性的發源，對身體渴望。有一段戲以長鏡頭拍女主角和代男友的露天咖啡座談話，女主角向對方陳述自我，足足有十分鐘之久。枯燥得不得了。

晨勉沒有辦法批評羅衣的作品，如果以前，她會毫不猶豫，現在她對羅衣有種特殊的看法；她也不想對同性戀發表看法，在感情上，她一向站在男人那一邊。她只是不確定羅衣給她看這部電影的用意。她感覺電影裡全是身體。

羅衣的手非常靈巧，太靈巧了，有種技巧；他順著背脊撫摸她，她忍不住想笑，便轉移注意力問他：「那電影裡為什麼有那麼多身體？」

羅衣有點驚訝：「可是我想討論的是性心理啊！」

晨勉安慰他：「你當初有興趣要講的一定是細節部分，可能就是身體的細節，那確實是心理。」

羅衣歎了口氣：「妳不需要安慰我，我對身體一點都不了解，更別說細節了。」晨勉無意中擊倒羅衣，也擊倒了她對羅衣的好奇，所以她開始就厭倦了——她對錯了焦距。雖然他們也做完了愛。羅衣太重視技巧了，忽視身體本能，這使他們做愛充滿了性。

羅衣立刻接收到這訊息，貼著晨勉的身體原本再度興奮起來，隨即平息下來。晨勉只好承認她的磁場的確被改變了，她流著淚對羅衣說：「我真的很抱歉。」「不能怪妳，妳的身體大概知道我這個身體不是她要的，我要謝謝妳告訴我關於身體細節那部分，我以前從沒聽過。」

「可是你學戲劇——」晨勉因為訝異，以至於忘了流淚。

羅衣自我嘲諷：「男人太崇拜技巧了，看見身體就想征服。」

整件事最後以鬧劇收場，羅衣成為她最好的朋友，隨時站在她這一邊。他說晨勉的身體才是他真正的好朋友，不必了解，只要直覺去喜歡，可他失去了這個機會。晨勉心裡有數是她運氣，她朋友中交上這種桃花運，往往落到身心俱毀的地步。羅衣沒家沒室，他怕什麼？受傷的是她。她很慶幸至少看對了羅衣逢場作戲的個性。

晨勉覺得身心枯萎極了，什麼事都沒發生卻累得老大不堪似的，她這才突然想起已經久未聽到那三句反覆的話語，好像那聲音隨另一位主人飄洋過海出了國才訊號衰弱。她不知怎麼悵然若失，彷彿特殊性格消失了。而她相信，若沒有性格主導，所有的事不會發生，生活的內容將是沒有經過整理的一大片、一大片，毫無區隔，只有一句話足以形容她當時的處境——坐以待斃。

她開始想到祖，他被動發生的生命裡的使命。她應該協助他的，不知道他找到父親沒有？

晨勉去他位於角落的工作間看他，才發現祖請假回美國了，他母親出車禍狀況不明。桌上立著一張祖的全家福，祖大概小學六年級，祖的弟弟和祖都非常像母親。祖的母親是位個性更勝容貌的美女，有這種神情的人，不可能什麼都沒經歷就過完一輩子的。祖的母親有股舞台演員的神情——敢愛敢恨。相形之下，他父親溫和多了。她想到羅衣屋裡太太的照片，再有歸屬感的男人，仍需要提醒。

晨勉看到照片當天，忽然又聽到那聲音之一：「妳要妳這個人生嗎？」晨勉回答：「我要。」然後她莫名地連日發燒不退。她因為《白色城市》即將公演，根本不敢請假，舞台監督的工作必須盯全場打理前後台，加上劇院極重視這檔戲的票房和宣傳，她覺得自己從來沒有做過如此累人的戲。她心裡清楚那全因導演所致，如果有國際名望，沒有人會要求你啥票房。她才發現自己站到舞台上去了，投手舉足入戲太深，使她對這齣戲一籌莫展。

就在她最需要支援，祖回到劇院。

那天徹夜第一次通排。羅衣帶著她一個細節一個細節走，燈光、服裝、布景、道具，越接近公演日期，羅衣就越煩躁，他完全不掩飾情緒，他對晨勉說：「我現在才知道妳所說的細節是什麼，那真是最值得探索的部分，其他都是狗屁，誰都知道的廢物。」

他們一遍一遍走台，有一段戲，技術部分一直無法克服，羅衣埋身在觀眾席上沉思，他轉頭對一直坐在旁邊的晨勉說：「我們出去做個愛好不好？」

晨勉笑不可抑：「你是看見不可征服的事就想到身體是不是？」

「是啊！也許我可以從中獲得一點靈感。」羅衣提高聲音：「妳是怎麼了解身體細節部分的？我就不相信排戲比做愛難。」

他們背後傳來聲音：「做愛要記得關燈。靈感也許應該是第二幕鬼魂附身那場戲熄掉場燈用螢光效果表現，亮燈時人鬼同台，造成懸念，效果出來了，技術問題也解決了。」

是祖，他回來了，並且聽到她和羅衣的對話，不知道他聽不聽得出真假。

羅衣起身找聲音，祖由後排站到亮處，如地球球體暗場以後掌管的神。

晨勉為雙方介紹，羅台請祖上台指點，放棄導演霸權，放棄獨尊與高高在上姿態。

晨勉坐在觀眾席看他們在舞台上共商，頂燈打在祖站立區域，她坐在暗處，一點一點往下沉，彷彿一座孤島，凝望遠遠海岸上的燈塔，突兀竄出一個念頭：「千萬別下雨，別讓雨水淋濕我，別讓雨水增加我下沉的重量，別讓我一個人在海上。」她不明所以地升起一股新生的對雨的恐懼感。

羅衣留在台上指揮，祖步下舞台踱到晨勉身邊，靠走道位置，低下身體不語俯視她，她說：「我去你工作室找過你。」

祖微笑：「我知道，我桌上照片有人看過了。」他直視晨勉眼睛，伸手撫摸她臉頰：「妳在發燒。」

晨勉已經不是訝異，晨安說得沒錯，祖是用整個人來感覺生命的，他的身體就是靈魂。祖一看她肢體，就知道她生病了。

她低頭輕聲說：「很抱歉，我因為晨安對你的形容一直排斥你。」她抬起臉：「你母親還好吧？你父親聯絡上了嗎？」沒頭沒腦說得自己啞然失笑。

「他們都很好。」祖仍繼續撫摸她的臉。

晨勉十分意外：「你見到你父親了？」

祖搖頭：「沒有，有點線索就是，不太確定，好像我父親又結了婚，剛生了一個兒子，他才開始新的生機，我想他耗費很長時間掙扎，現在才認了命，我不能打擾他。我媽沒事，小傷，她就是要叫我回去，她這輩子只知道一件事——霸占，我到很多年以後才相信她從來沒愛過我和弟弟，現在倒覺得很輕鬆。」一口氣把所有發生交代完畢。

他以手掌整個包住她臉容，不是手指。晨勉感覺到的不是技巧是自然，他手心是涼的，沒有熱度的肉欲感，晨勉過一會兒才明白，祖在用手心的冷幫她降溫。她心底告訴自己：「不要理它！」

祖指著她旁邊的位子問：「可以嗎？」

她。

晨勉倏然一驚，是反覆的聲音之一。她說：「可以了。」讓他不必再用冰手心鎮

祖放開手，沉沉坐她旁邊看戲，晨勉才想起他怎麼這個時間在這裡出現？

「你什麼時間回來的？」

「我剛下飛機，時差還沒調過來，時間感也很模糊，也許熬過今夜不睡會好點。想到你們的戲要上演了，照進度應該在通排。最主要，我想看看妳。」

晨勉轉過頭看他，祖仍一貫的舒坦，神情卻有種少見的疲倦，他說：「妳是我長這麼大第一次對我伸出援手的人，妳不會知道那種有人對妳好的感覺，我現在只有我自己了，特別渴望旁邊有個人。」

「我已經結婚了。」晨勉不知道該說什麼。

「妳真的很健康正常。」他微笑：「妳知道嗎？如果是我媽，她聽到男人對她說這種話，她會搧他兩耳光，但是她這輩子都在找這種話聽。妳不會，妳會對這種事發笑，就像剛才羅衣說做愛那樣。」

「他開玩笑的。這種事真假我分得出來。」

「是啊！我媽就是太戲劇性格了。」

晨勉掉頭望舞台：「一直演戲很可怕的。我知道那種感覺，像我躲你的時候。」她厭惡戲劇性，所以一直逃避這種可能。

祖伸手過來握晨勉，定定握著，他們暫時都無話可說。

祖望著她微笑：「結束以後，我們去喝酒慶祝。」

舞台技術迎刃而解，走台很快就結束了。羅衣特別向全體演職員介紹了祖，晨勉發現她和祖是在團體之中，她第一次覺得情感的聯繫可以是雙向的。馮嶧就進不到她的周圍，羅衣跟她又不一樣。

祖的情感有種光澤。以前那些男人是面鏡子，只反映她的影子。祖自己是個發光體。

羅衣帶了女主角一起去喝酒，他新交的女朋友。晨勉很高興他這麼做，不適合的戀情不需要那麼悲傷，羅衣懷念他死去的太太，那已經夠嚴肅了。

剛凌晨二點，祖要熬完當天夜晚調時差，小酒館裡擠滿了夜貓子，人人精神來得亢奮。

祖先喝一種酒，可樂娜，墨西哥產的玉米啤酒，加薄片檸檬，他喜歡那酒的清香味，晨勉不太喝酒，祖建議她喝一點紅酒，配起司，他說紅酒配起司味道正好，效力則可以去寒，晨勉除了身體，一切都呈麻痹狀態，她腦子聽身體的，身體又聽祖的，好玩的是，她完全不了解這個身體。她一杯一杯的喝，非常想念這酒似的。

羅衣傻了：「霍晨勉喝起酒來勇敢得不得了。」

女主角不知道為什麼，一直小心翼翼地應付晨勉，偏偏晨勉因為腦子不聽使喚，不太講話。全程只聽得羅衣和祖在講世界劇場，晨勉逐漸甦醒的意志，丁點聽出祖與人際生活鑾隔閡，那意味他的明澈可以來自天才或偏執。

小酒館凌晨五點打烊，羅衣喝到正想再喝的程度，他說他知道有個地方開到早上八點，女主角仍沒半點要走的意思，跟定羅衣了；一直到那刻，晨勉才想通全是因為她，羅衣和她好過。

但是羅衣跟她上過床恐怕連羅衣自己都未必記得，以羅衣的作風，也相信他不會說。那麼是女主角自己猜的嘍！

晨勉表示結束了。羅衣不肯作罷，拖了女主角自己去喝。望著羅衣走遠，晨勉歎口氣：「真可怕，她居然自己用猜的，關於細節部分一定精采極了。」帶戲下場最危險。她又歎了口氣。發現燒退了。

祖笑了：「摧毀身體比摧毀什麼都難，我這輩子就想摧毀我身體。」

晨勉也笑了：「這倒是，你看我摧毀了幾千次，它還沒垮，但是你的身體用來摧毀太可惜了！你不是單細胞動物。」

六月黎明前的天色比較接曖昧灰白，瞬間天際由灰黑轉紅沁透青光，天便亮了。他們往靜謐的台北巷弄去取車，祖說：「我有十五年沒在台北穿巷子了。」他最懷念的就是台北的巷弄，他和弟弟被限制在小巷裡玩，不准到馬路上。

祖仍不想睡，他問晨勉：「妳可以不回家嗎？」

晨勉點頭：「我在排戲。」

祖想去海邊，他記得小時候夏天和父母去海邊玩，美國內陸太大了，有沙灘的地方總擠滿遊客，不是去看海，是去休閒、度假；要不就是私人沙灘。他印象裡離市區有段路程，晨勉說在近郊不遠。祖略帶靦腆：「我不會開車，妳開好不好？」晨勉驚訝：「你不會開車？」祖微笑：「我媽不准我們學，她控制我們。」在美國不會開車，尤其祖這種年齡的男孩，真不可思議。

六月的沙灘跟六月的天色一樣，有種尚未成為明豔夏季前的溫和。清晨的道路十分順暢，半個鐘頭就到了。海水浴場尚未開放，整條海洋線像座廢城，只有海浪一直活了下來，自成生命，正在努力送自己上陸地；沙地上開滿了亮黃色天人菊，草的氣味在清晨嗅聞起來有股熱腥味，沙灘是灰白色，海水是深藍色，一切非常立體，像油畫，記憶中的畫面。

不用說，連晨勉都覺得因為與現實共撞的詭譎張力而興奮莫名。

魚肚翻白天色由海的盡頭往沙岸蔓延，凝聚上祖白種人般的臉龐，不知怎麼感覺他們周圍則是暗的，晨勉平躺沙灘上，仰望天空，非常安靜，他們像稿紙的天頭地角，待待被書寫連成一篇文章。他們躺在一起。彷彿冥冥宿命。她成長後周圍跟她有關係的男人，除她老爸外，都有共同的背景，包括她自己的弟弟——他們全部出國拿學位又回來工作。祖像他們任何一個，這讓晨勉有些不安，這代表祖被定位了嗎？她成長後的生活，像獨立出來的人生，她從來不記得小時候的事，好像不需要記得。光覺得人影幢幢的。那種斷層不是人能造成的，若有，只有命運能。她因此非常怕被歸類。

「你記得你小時候的事嗎？」晨勉問祖。

「全部記得。我只怕一件事——忘掉。」

「我的記憶流失太快了。」晨勉歎口氣：「是不是所有的事都發生在半夜呢？然後腦子貯存起來。我有記憶以來，半夜都在玩，晨昏顛倒，什麼事都不記得。我有時候甚至覺得這世界就像一幢失火的屋子，一群渾然不覺的人正在狂歡，嗅聞不到空氣裡飄浮著的火的焦味，一生都不知道燃燒是什麼，最後，屋子燒掉了，我們失去了記憶。」她知道她這輩子都沒有辦法解釋現在她這個年紀沒有過去的樂觀跟只有現在的悲傷。

「我全部都記得。」祖支起手肘，整張臉撐開在晨勉臉的上方：「妳使我免於孤獨，我幫妳製造記憶。可以嗎？」

「再說一次。」晨勉又聽到她的預言：「再說一次。」她哀求他，為什麼這麼簡單的句子從來沒有人對她說過。

「妳聽到什麼？」祖的聲音像種親切的招喚。

晨勉流著淚：「記憶。」

祖放下手肘身體貼著她身體，一種重量，詮釋「全心全意」這意念。他表現出就是他需要她，第一順位需要，他不是安排好生命其他事物才輪到她。

祖這種毫無理由的愛意教晨勉害怕，一個男人生命怎麼會愛最重要呢？但是，一來對於這種事，晨勉向來不多想；二來，祖的身體反應淆惑了她，他的身體也不讓她多想。祖的身體完全不聽祖的大腦支配，這身體是單獨存在，非常自由，它怎麼想就怎麼做，而它會怎麼想，往那個方向，祖完全不控制，放任這單獨的身體尋找出路，它是那樣多風格，不是靠身體傳達出的技巧部分，是身體本身的細節部分。它的節奏，它的腰，它的頸項，它的氣息，它也在使晨勉身體相對部分產生需要的感覺，晨勉知道，那就是欲，同時她還有另一種欲望，想要付出什麼。她甚至沒有辦法告訴祖，她沒有辦法說話。而更令晨勉事後不解的是，祖的身體並沒有什麼強烈的動作。祖的身體是那樣性格特殊，可以想見它得不到滿足時，會多麼孤獨。晨勉終於明白她害怕什麼了，她可以在感情上撞得頭破血流，她不能讓身體受到折磨與試煉，她要保持身體的獨立。但是祖似乎正在摧毀她這個意念。這個經驗是晨勉和任何男人之間所沒有。

是個月滿的日子，因為大氣浮塵，遠處的城市亮得失火一般閃跳，近處因為沉靜及海域深暗，晨勉覺得身體的本意淪陷越來越深，是她在帶領祖，她在誘拐他。

她身體下的沙不僅軟，而且會流動，以沙的摩擦，節奏緩慢，達到高潮。他們彼此迎向對方，請求降落在對方的跑道上，身體繼續滑行，前面永遠有更長的跑道等待進場，他們都不喜歡低難度的飛航，那是對身體行使一種天生的熱情。完全因為他的關係。她突然失去了一貫對待性這件事的幽默感。她整個人快樂到達悲哀，她將要失去她以往所有累積對做愛這件事的記憶，她將要失去她的身體，她對她身體的想法。她完全無法拒絕祖。她明白了一件事，祖沒有做過愛。所以她將失去她以往的做愛紀錄，她覺得真困難，一個處男，從不是恩典或禮物；她的都市生活，使她大一就迫不及待試過做愛，最早的性經驗並不表示是最重要的，她到今天才了悟，祖不是用身體告訴她的。她低聲說：「祖，謝謝你。」她無法繼續做下去。此刻，天色迅速發白，青濛如汝瓷薄胎將他們包覆，天邊隱隱傳來雷聲，夾雜閃電，那樣的戲劇性，缺乏真實感，她苦笑道：「恐怕要下雨了。」他們什麼都還沒交談，身體的命運已經決定了，祖的身體晨勉覺得分外親，他們全身都是沙。

祖說：「台灣的天也負責行使道德力嗎？我發誓下次我一定要做完。」

晨勉忍不住笑，是啊，這可怕的雨，令人顧忌的沙。

她看看天色：「你怕不怕雨？」

祖一聽便握住她的手，兩人在清亮又霧白的沙灘上快跑，前方是未知數，然而也不值得幻想與期待，晨勉太了解自己了，她是個平凡無底的人，她喜歡荒唐的生活，甚至再糜爛都無所謂。可早晨醒來，她希望自己記得昨晚發生什麼事，但往往徒勞。現在，有種架式使這刻顯得不平凡，並且，她居然清楚記得發生了什麼事。如果換作別人，是她去啟發對方；依照目前，卻是祖啟發她的身體。她一直在等這天，很難解釋她清楚，她的身體從未開始，但是不應該是一個全新的身體、全新的啟發，這個身體應該早已經歷過了什麼啊！怎麼是祖？她感情可以一文不值，卻不希望浪費；尤其因為某種錯誤，浪費了祖的情感生命，那對他不公平。他在付出，她已經沒有了。她突然極想大哭一場，她已經快成為一個過去的人了。

「妳在想什麼？」祖仍精神奕奕。

「祖，你為什麼回到這個島？」她離他漸遠。她將要想法子躲他。

「我以前深信是為了我父親。」

「不是嗎？」

「尋找父親的過程，這次回去有了一個新的想法。我父親要母親帶我們兄弟出國念書不是偶然，我父親受不了我母親強烈的情感需索及占有欲。我母親離開，我父親絕對不意外。」

晨勉低聲說：「這些年來，你都是獨自一個人在思考這件事嗎？」

祖說：「在我最孤獨的時候，碰上了妳。晨勉，妳熱鬧不求完整的個性，妳的想法，呼喚我重回這個島。不是因為我父親。」

晨勉直視擋風玻璃，他們即將進入台北市區，她要立刻回家大睡一場，她凝視前方道路腦海浮現一句話：「真殘忍，妳要妳這個人生嗎？」這真像一個巨大的玩笑。她這輩子不打算離開島，她的人生就在這裡。

「而且已經定型了，我不可能改變！」晨勉脫口抗斥那話。

彷彿對晨勉突如其來的辭語跳躍自有章法，祖另起話題：「等妳這齣戲告一段落，我們出國找個小島旅行。」

晨勉側臉深睇祖的眼瞳：「按照你的遊戲規則？」她甚至不知道需不需要祖，晨安說得對，她是個混吃等死的單細胞動物。

有生命以來，晨勉感到一股前所未有莫大的沉默期突兀形成，她毫無選擇的被迫面對她這一生最大窒息。後半程路途祖也不再說話。

他們進入市區，遇上上班尖峰時間，陷在車陣中移動緩慢，彼此沉默的時間越長，越覺得有什麼事正在發生。晨勉滿腦空白，祖卻分外篤定。

終於車子停在住處外。又是一條深幽巷子，童年生活的延長。小巷昨晚停滿的車位早上騰空出來，加重了沉默的壓力空間。晨勉感覺到事情要發生了，祖的身體不願意等待下次的小島旅行。他的身體就是他的靈魂。

她癡掉般坐在駕駛座。祖的手在她頸後輕緩撫摸。他湊近臉頰摩擦她的臉頰，他們一夜沒睡，像兩隻不死鳥，祖的唇嗅聞她的唇，如在哀求她，引誘她。晨勉的淚水緩慢流下，從來沒有任何一個男人願意用那麼重的誠意引誘她，不是為了滿足身體，為了滿足愛。

祖深長吻她：「晨勉，妳好溫暖。妳的燒完全退了。」

晨勉說：「我覺得我發燒了。」

祖問：「陪我好不好？」

祖的小套房極敞亮，簡單到不像可以在其中生活，只適合思考。

她正進入他的小島，一個男人的島，她知道必須安慰這孤獨的小島。

一處簡潔明亮的房間，祖在微笑，無聲的愛。在明亮的空間裡，晨勉清楚看到一切如何發生。他們的身體安靜地膨脹。祖是什麼感覺？她用身體詢問他。

祖睜開雙眼捨不得不看她，他說：「跟我一起走好嗎？別逃避我。」

晨勉重新聆聽那反覆預言在聖善之地成為事實，她不再害怕，她重回她的處女身世。不再堅持距離。

晨勉回身擁抱祖，一個全新的身體，她也是。這裡就是他們計畫去的島，從未去過，卻如此熟悉。內心飽滿驚訝又快樂，多麼純淨的感受。接近死亡或悲哀的感覺。

晨勉想到什麼問祖：「我還不知道你英文名字。」

祖快速滑向她，似黎明天色，室外透照進盈滿蛋殼白光，集中於祖以雙臂內緣摩擦晨勉背脊截段畫面，專注如傳頌聖名：「丹尼。」

祖反覆徵詢：「跟我一起走好嗎？」他們攜手尋覓，同時到達傳說中的高原，如生前約定，晨勉睜開眼看到真實的高原。她終於相信，做愛於她是一項失傳的古老藝術，如音樂，可以抽象傳達真實。她不懂的是，何以祖能以處子之身完成？

晨勉起身找到她的皮包，從裡面取出一枚銀戒指走回床邊，祖忍不住起身擁抱她：

「妳好美。」

她知道，她的身體是她最像童子之處，無邪不修飾；也最像魔鬼，她無法拒絕性。

晨勉示意祖看戒指內環，內環鐫刻Danne，丹尼。祖大惑不解望著晨勉。

晨勉挺直於晨光裡，骨骼柔和、細緻，她不掩飾它，亦不驕示它。

晨勉回憶道：「我在美國念書拿到學位後，離開前最後一天在紐約街頭閒走，無意中逛進一條短街，整條街專賣歐洲飾物，想想應該給自己買個紀念品，紀念這段孤獨的日子，許多歐洲面孔在眼前浮掠，但是並沒有吸引我的物件，腳步停在街尾時鋪天蓋地從街道襲來一道召喚，我將要離開，恐怕有生之年不再回來，我其實向來不愛旅行四處漂流，但應當趁這個機會順著西方路線回返。我後來改變了行程，繞道歐洲返台北，雖然一路陌生孤獨卻內心平靜，彷彿回到想像的子宮裡，而且在等待出生。我飛到德國慕尼黑，住在一個大學城旅館，內心不時覺得那裡熟悉，有天黃昏我在旅館附近商店區閒逛，突然一眼看到找了很久的紀念品，那是間專賣設計師飾品的店，櫥窗裡放著這只戒指，式樣線條簡潔，如一抹蛇信，我屬蛇，覺得親，它躺在墨藍絨布上靜靜發光，等待許久似的。店裡說這枚戒指是件接龍藝術品，必須以一件等值的藝術飾品交換，然後再等待另一件藝術品來換走。他們有一組成員共同下決定可否交換，結果只要等三天。我手上有一對珍珠耳環，我自己買的，我拿出去交換。那時期正好流行東方熱，珍珠耳環的設計十分中國，三天後店裡通知我，他們接受了。」

「這戒指上的字對妳有任何意義嗎？」

晨勉以食指、拇指夾扶戒指外緣仰對外來光：「我這輩子從不幻想前世今生或輪迴的可能性，只能說我情不自禁被吸引了，然而我相信機緣。也許你能解這個謎團。」晨勉將戒指鄭重套在祖無名指，往指根推移。

戒圍完全合適，彷彿剛才由他手指取下來，現在重新套回去。祖訝異抬頭長視晨勉無法置信。

晨勉同樣震驚卻明顯若有所失：「送給你好不好？這是你的。」

於是他們面對面安靜下來，雙身裸露在白晝中，晨勉的膚色細緻到接近透明，血管隱隱可見，綠色的血；祖則如青瓷，薄薄一層釉。他們的擁抱足以導致某種碎裂。

祖不由更趨近，同類磁場，帶電，正負兩極電荷，他身體輕觸晨勉身體，如皮膚對皮膚的呼吸。他不能更上前了，再進一步，他將超過她。

祖嗅聞到他停留在晨勉身上的氣味，他問晨勉：「妳為什麼喜歡我？」

晨勉深呼一口氣：「我無法拒絕的不是你——」

祖：「是什麼？」

晨勉：「欲念。我覺得我欠你一些屬於身體上的東西。不是器官的安身立命，是一種想像的滿足，我不太會形容。跟你做愛以後，我反而更不安，它證明一件事，我的欲念對你有強烈的渴望。我越抵抗和你做愛，我就越渴望，你大概不知道，我的性格裡沒有不滿足的成分，只有不安的成分。晨安就說我混吃等死，因為我不需要他人，但跟你做愛讓我產生悲哀的感覺，可我喜歡這份悲哀，那好真實。聽來很殘酷嗎？我真不懂。」

祖微笑：「我寧願聽妳說殘酷的話。晨勉，我需要妳，不光是性，我在生活上也需要妳，我不要妳為我付出任何東西，我早知道自己將為妳放棄什麼，妳會懂的，唯有這樣我們才平等，一味付出，很快會厭倦。」

「但是——」她邊拒絕他邊貼近他，同時嗅聞他的呼吸，經由氣息進入他的身體循環，如此癡迷，又如此清醒：「我不是厭倦，我是害怕。丹尼，我要開始費盡心力逃避你。我不相信命運。」

祖並不放在心上：「來不及了！妳要妳這個人生嗎？我要妳這個人生。」

晨勉：「再說一次。」

祖：「晨勉，有三句話，我每次說妳都會要求重複，『可以嗎？』、『跟我走好嗎？』、『妳要妳這個人生嗎？』為什麼？它是預言嗎？主宰著妳的意志？它使妳對潛在什麼產生強烈感應嗎？晨勉，我已經知道妳的祕密，我不會用它們蠱惑妳，但如果必要，我會。妳為什麼逃避？」

「我已經結婚了。」晨勉重返高原。看到丹尼和她蓄積力量的身體，瑩澈神往遠方。她在高原等待他。

「我不需要妳的婚姻，我只要愛妳。」他以舌尖吸吮她，如飲一碗碧螺春，直接飲到生茶原味；他們直接到達欲的原鄉。

晨勉只要跟祖做愛，幽微聯想便持續不斷發射到遙遠的點，以那個點為基礎再出發。一種性的啟發。

晨勉在祖的房間直待到黃昏，其間沒有一通電話、沒有報紙，只有交談。他們裸裎在攝氏二十九度室溫中走動，喝咖啡，以水果下紅酒。

「我很久沒過這種學生生活了。」晨勉整個人分外清澄。做愛的啟發使她沉穩下來。

「學生生涯能放空是最大的享受，一個階段一個階段洋人分得很清楚，求學就是啟蒙，工作是工作，休閒是休閒。我一直喜歡過學生生活，非常純淨。」

「我不眷念，我在國外念書時，覺得痛苦，一輩子那麼漫長的等待似的，外面世界那麼大，我也不明白急著回這個島做什麼。」

逼近夜晚，祖愈發捨不得晨勉：「妳為什麼離不開妳的島？」晨勉使他情緒高漲，也使他渴望疲累，他想擁抱她。

晨勉低頭想了想：「在這裡我很容易碰到我要的一切。」

「晨勉，我好想抱著妳一起睡。」

「我得走了，我還有工作，又失蹤了一天。今天的通告是六點，你知道我不能遲到。」

「多陪我一下，可以嗎？」他強調：「可以嗎？」

晨勉苦笑：「丹尼，我要開始抗拒你了，你會發現你的預言將逐漸失靈。」

丹尼擁有在美國受教育學到的理性態度，絕不無理取鬧。他戴著他的戒指沉沉睡去跨越時差。晨勉則在往劇院途中心緒達於惡劣。她從來不追求心靈伴侶，為什麼要給她呢？她只要肉體的歡愉啊！她一定要想辦法躲避丹尼。不管他帶給她什麼，她都不要。

「渾帳霍晨安！都是你搗的鬼！」

她嘴裡狠狠咒罵晨安，心底同時壓抑浮升的悲哀感，她不知道自己怎麼了，她一定要這麼悲哀嗎？彷彿她內心早知道這件情事的結局，卻直直迎上去。但是她半點都不認識祖啊，就算冥冥中注定，也該是丹尼啊！為什麼轉了一手？祖？丹尼？這兩者有何差別？她覺得有，卻說不上來。她常有些突如其來不屬於她的世界思考體系的想法，完全說不上是哪兒來的。

晨勉進到劇院辦公室，馮嶧的電話留言已等著她，平鋪直敘內容，現實生活的產物。他說，再過半個月她生日，他已經請妥客人，訂了餐廳，問她可以撥空出席嗎？晚上回家見，如果她回去太晚，別叫醒他，留字條，他累死了，反覆接觸去大陸做建材生意的可能，先起跑開發市場，老覺得自己不是做生意，是拚命！不過如果做出成績，倒也值得。

晨勉光聽語氣就知道馮嶧昨晚沒回家，打個電話來刺探「軍情」，台北市這類夫妻起碼數十萬對，此比率早混亂了家庭生活正常與不正常價值標準。晨勉從未昧惑選擇正常不正常生活，家庭是後世設計出來的需要，又非盤古時代就有。她曾經有很好的家庭關係——她的父母、弟弟。她已經有過正常家庭背景關係和生活。

晨勉非常清楚，她從不在乎男人愛不愛她，她只要求——誠意。馮嶧就是這麼一個人。這是她交往的男人當中，唯一以婚姻為前提考慮他們關係的男人，馮嶧非常重視她的快樂、煩惱，雖然他的領悟力低。粗糙的生活，把類似馮嶧這種低品質的人逼出動物性，如此而已。

現在，她面臨的，是她這輩子都不相信的一種感情，一種帶著罪惡感不斷激發出你真情的愛，非現實不容，是她打生命深處否定這種情感，她才不管什麼罪不罪惡感，是冥冥之中似乎有股難逆的力量令她拒絕讓這事繼續，她不畏懼罪惡感，然而她對這情感及那難以形容的力量迷惘，她不明白怎麼回事，更不明白未來會如何。她從來不規畫自己的未來，那句預言是個題目還是答案：「妳要妳這個人生嗎？」

第一次她對情感這種事，淆惑並且憂慮。然事情總有先後，眼前最重要的是戲。雖然她已經知道演出結果。但這事對羅衣十分重要。她的重視，將使平凡的過程產生價值。不出所料，《白色城市》票房平平，那比票房差還糟，他們吸引來的不過是一群基本教義派普通觀眾。這些人沒有任何意見。同時她過完一次無聊的生日後，甚至瞧不起自己的生命及任何想法。經過長段空白，她安頓好一切最後，才安頓她的情感——和祖見面。

她帶他去近郊山上喝茶、吃飯，一處較高、隱蔽的茶館群，經營到深夜。這幾年台北有許多文化產業發展出地緣特色，山上茶館即案例，營業高峰時間，上下山的產業道路簡直絡繹於途，完全鬧市景象，人潮每每至深夜還狂歡不肯散去。

那天非假日，情況好得多，梯形石路貼山臨谷蜿蜒向上，晨勉挑了其中位置最高的茶館兼餐廳。

這段日子她一直躲祖，使得他們見面充滿了沉默。祖彷彿不求答案，但要知道真相。

選座位、點菜流程安定下來後，晨勉故做輕鬆問祖：「你找到父親了嗎？」

祖搖頭：「我計畫提早回美國。」

晨勉問：「不找你父親了？」

祖喝酒像喝茶：「我想通了，我不該再見他，我這輩子從來沒有為自己活過，完全為與我父親重逢而活；我遇見妳，知道如見故人是什麼滋味，反而徹底絕望了。我經驗了真正的重逢的滋味，該回頭為自己活一次，同時避免令我父親經歷這樣的再度絕望。」

山腰茶館坐落山背後，四周浮懸大氣塵與星星、月亮，晨勉靠窗望出，深覺如坐在星光間。黑暗、澄淨可以並存。孤獨與熱鬧、親密與疏離，晨勉明明清醒而來，為何如此迷惘。

祖飲酒完全當自己是葡萄酒池，還原內化為酒精。晶瑩發光的晨勉就像一串成熟的葡萄，等待祖前來認親。

「你這段時間在哪裡？」晨勉要知道她是不是曾經拋棄過祖。

「大部分在辦公室。還去了一趟東部。」

「去東部看海？」

祖不願意多敘述：「還有日出。」

晨勉聲音空洞：「在大家為我過生日的時候是不是？」她不是拋棄祖，是拒絕他。

「你離開台灣前，還想去哪裡？你以後不知道還會不會再回來。我陪你走走。」她決定放棄清醒。

祖抬頭看晨勉：「妳不留我？或者說不在乎？」

晨勉望進祖的眼眸：「我從來不知道怎麼留人。」

祖說：「而且妳也不在乎情感的得失，妳只在乎想法及事情怎麼發展對不對？」

晨勉點頭，然而這中間的差別是，她現在深陷從未發生過的悲哀情境裡。她也不太確定自己有什麼想法。

祖堅定要求：「晨勉，跟我離開這裡。跟我一起走好嗎？」晨勉重新聽到她的預言，但是，她暫時可以不為所動。

晨勉冷靜地：「順其自然好嗎？這島上有我的一切。」她從不作夢，但是她有直覺：「丹尼，你還會回來的，你希望了解真相、你的身世，還有我們的情感。」

空氣飄散文山包種茶香，攏合撩繞如沐茶浴；羽狀複葉堆雲相思樹月光由樹冠透映覆照她身上，風來的時候輕緩飄動，忽左忽右，忽多忽少。重塑金身。

祖好玩的拂撥她身上葉影，晨勉看到他指間的蛇信戒指，祖已經還原成為酒神，浸泡著她。跟祖做愛，是她了解生命的道路。

順著山路，祖將車停在路肩樹影底下。祖在這半個月學會了開車，他身體天生的感應力，使他學得很快，而且開得很好。原來他是獨自開車一路到東部。他說，他不喜歡東部，在那裡他完全消失了，找不到自己的氣味。

祖將前座擺平，傍著晨勉躺下，葉影仍覆蓋晨勉身體，裸露的身體邊緣在黑暗中反光，如一座島。節慶之島，富裕而歡愉。

祖輕吻她，重力擁抱這座島，他對她的身體充滿一種天生的熟悉，使她完全褪除負擔。有人因為陌生而覺得刺激，有人因為熟悉而刺激。晨勉屬於後者。

祖眼睛雷射光似掃描她：「跟我在車裡做愛，可以嗎？」

晨勉重新感動如初：「可以嗎？」他們如節慶中的煙火交會在黑夜，小小的煙花，在肉體的天空爬升爆炸。只有流星下降速度可比擬。那速度使他們完全忘了受制於狹仄車廂裡。晨勉想，所謂的泰國浴的想像大概如此。

回到祖的住處，祖停妥車子，全身溢出一股氣息，求愛的費洛蒙——暗示身體實在無法想像欲念可以等待山上到山下長段路程，未再度爆發。他在要求晨勉。

晨勉則實在無法想像，她一直以為自己是認識的人當中最無法抗拒性的，祖的身體就是思想，他身體更需要得到思想刺激。

晨勉嗅聞祖的氣息，覺得暈眩，深呼吸後更暈眩，她問祖：「你什麼時候離開台灣？」

祖不說話光以面頰摩擦她的臉，低聲反問：「可以嗎？」

「這裡不可以。」她突然悟到必定還有更高峰，那裡是祖沒有去過的，所以他們同時被推向彼此為對方氣味吸引。

祖的房間此時全暗，路燈由窗口映進屋內，光的手靜靜躺在床上、地板、桌面，就這三個地方有物體。

晨勉站在空處，祖站在她對面三寸遠，什麼也不做，只靜靜地凝視她，晨勉抬頭仰望他，同時看到天花板，那上面也有光的倒影，自由自在，這裡寬闊多了，一如祖頎長的身體，值得冒險。

「月光在冒險床、地板、桌面，你知道嗎？」

祖打開一瓶紅酒，為晨勉及自己斟上，酒杯互碰發出輕脆之音：「敬最值得冒險的身體。」

晨勉不再悲哀，她意識到自己開發了一塊記憶之地，以後，她將成為有記憶的人，無論祖離開她去任何地方，她不再孤獨，是記憶使她免於孤獨，不是愛本身。

她將酒杯交給祖，站在祖身體面前，仰望詢問：「可以嗎？」她解開衣袖鈕扣，那上面是手，握著酒杯；杯裡是如聖血般的紅葡萄酒。他們站在黑暗中，卻看得見一切。她如同他的奴婢，為他寬衣淨身，但她的神情是驕傲的，做一件神聖的事。

祖裸身啜飲一口酒，貼住晨勉，雙手環住她裸露的背脊，晨勉雙手自然下垂，祖口中的酒冰鎮如清泉緩緩流入她齒舌間，祖彷佛有神力，可以控制冷熱，冰鎮的酒泉清楚流過她全身，促使她極需要溫度擁抱。

晨勉如哀求：「跟我做愛好嗎？」

祖像做一個再熟悉沒有的動作，以手臂內緣撫摸晨勉臉頰：「我們不是正在做嗎？」

晨勉仍癡望祖的眼眸，溫柔且堅毅：「跟我做愛好嗎？」

祖回應以更深的醉迷，他們的身體同時在找一條出路，又完全不肯由迷宮出去。祖的身體就是大腦，有完整的思考，也有完整的記憶。

「你離開我的時候要告訴我。」晨勉輕閉雙眼摸索她的迷宮之路。

「回美國的時候嗎？」

「不是，是現在，我身體完全麻痺了。」晨勉幾乎記得和每個對象每次做愛的過程，但這次，她全心全意做愛，腦海一片空白洗掉了以前所有紀錄。她以處子之身和祖做愛，唯一記得祖。她獻身於靈的過程，身體一寸寸被催眠，嗅聞、觸覺卻分外機敏，只有聽覺得遲鈍的，只聽到祖的呼喚。

祖不斷問：「晨勉，妳在哪裡？」

晨勉安慰他：「在這裡。」她牽引祖的手按住他的脊椎，那裡有一根筋骨是她的，她在的地方。他們一同往迷宮的透光處了解生命的出口。一處無日無夜的空間。她突然和祖一樣覺得失去了對方。

晨勉高聲呼喚祖：「丹尼，你在哪裡？」

祖的答案如回聲：「晨勉，我好想妳！」

晨勉全身抽緊，內心一陣絞痛，將來她想念他的時候怎麼辦？為什麼祖帶給她的記憶不光是身體的歡愉，還有一種時間的感覺。於是他們夢遊般又回到出發點，他們竟然仍然站在路燈透進來的光暈中。

祖仍離她三寸，祖說：「做愛是唯一讓我感覺像作夢的事情。大概與我父親重逢的情景就是這樣吧！」

晨勉：「做愛是唯一讓我感覺真實的事情。」

「作夢呢？」

「我——」晨勉覺得敘述困難：「我從來不作夢。」

祖卻早預想到了：「連做愛的夢都沒有？」

晨勉：「是啊！作這種夢之前我已經直接去做愛了。」

祖微笑：「晨勉，妳所說的狀況，妳是我知道最奇特的一個人。」

晨勉有些恍惚：「你知道嗎？我是一個沒有祕密的人，所以連潛意識對我來講，都是不可能發生，也不可能存在的東西！」她一直只能感覺近在她周圍的事物，她完全無法想像抽象的事物，如「未來」、「作夢」……。因此，晨勉最怕的事情之一就是落陷在恍惚的狀態中，那讓她焦慮。

祖立刻便發覺了，他緊切擁抱她，重新組構她，晨勉神思不屬，在他身邊，覺得好孤獨，她以前從不在乎任何形式的情感，這次卻覺得是生離死別。

晨勉流淚：「我可能上輩子就失去你了，丹尼！」

祖篤定回答：「對我，這就是夢境。妳不在時，我每天早上醒來，那種重複的死寂，就像一個沒有出路的夢，晨勉，這到底是哪裡？」

「一個島。」

祖要提前走的原因主要是他母親。他母親威脅他再不回美，她就要永遠離開他。祖一輩子不知道如何處理這種關係。他毫無辦法。

晨勉告訴他：「別理她，否則你永遠擺脫不了這種糾纏。」

否則祖不會那樣懼怕難纏的事。晨勉記起他們第一次見面時祖說的話。

廣	告	回	信
板橋郵局登記證			
板橋廣字第83號			
免	貼	郵	票

舒讀網「碼」上看

235-53
新北市中和區建一路249號8樓
印刻文學生活雜誌出版有限公司　收
讀者服務部

姓名：＿＿＿＿＿＿＿＿ 性別：□男　□女

郵遞區號：＿＿＿＿＿＿＿＿

地址：＿＿＿＿＿＿＿＿

電話：（日）＿＿＿＿＿＿＿＿（夜）＿＿＿＿＿＿＿＿

傳真：＿＿＿＿＿＿＿＿

e-mail：＿＿＿＿＿＿＿＿

INK

INK PUBLISHING

讀者服務卡

您買的書是：________________________________

生日：　　年　　月　　日

學歷：□國中　□高中　□大專　□研究所（含以上）

職業：□學生　□軍警公教　□服務業

□工　□商　□大眾傳播

□SOHO族　□學生　□其他 ____________

購書方式：□門市 ______ 書店　□網路書店　□親友贈送　□其他 ______

購書原因：□題材吸引　□價格實在　□力挺作者　□設計新穎

□就愛印刻　□其他 ____________（可複選）

購買日期：________年________月________日

你從哪裡得知本書：□書店　□報紙　□雜誌　□網路　□親友介紹

□DM傳單　□廣播　□電視　□其他

你對本書的評價：（請填代號　1.非常滿意　2.滿意　3.普通　4.不滿意）

書名______　內容______封面設計______版面設計______

讀完本書後您覺得：

1.□非常喜歡　2.□喜歡　3.□普通　4.□不喜歡　5.□非常不喜歡

您對於本書建議：

感謝您的惠顧，為了提供更好的服務，請填妥各欄資料，將讀者服務卡直接寄回或傳真本社，我們將隨時提供最新的出版、活動等相關訊息。

讀者服務專線：（02）2228-1626　讀者傳真專線：（02）2228-1598

祖狂趕譯作進度，他給自己一周時間。祖生活、成長在英語世界，他的譯本出手，內行人立刻讀出其掌握中英戲劇原創的品質及內在，那對祖來說，是十分自然的事。那一周，晨勉反而不特別焦慮，因為她已經知道結果了。晨安似乎比她更早知道結果，與他們的情感流露一股反常的憤怒。他不再用調侃的方式對晨勉，他呈顯絕對嚴肅的語詞。雖然他以前曾說調侃也是一種嚴肅。

他們是在家裡碰面的，例行的家庭聚會，她母親最重視，沒人敢缺席。

晨勉到時晨安已經在了，一味冷淡斜睇她，目光表情皆讓她坐立難安，她寧願他乾脆保持以前陽光般刺眼的沉默，晨安的冷淡顯然表示瞧不起她，他還是會開口的，果然，當著他們的父母，晨安毫不保留咒罵晨勉：「妳真是個賊！偷人！」

晨勉轉向父母，清清楚楚看到幸福家庭圖像，是怎麼變調的呢？她該問誰？父母的擔心神情讓她捺下反擊的衝動。

晨安再進攻：「真不知道你們生她時，少放了什麼東西進去？」以不屑表情質問父母，眼角掃射晨勉。

「夢！晨安，我沒有你那麼多的夢。」晨勉高聲回應，無法忍受晨安把她當外人似的罵。
她母親安撫她：「晨勉，妳聽晨安講，他一定有他的想法。」晨安一向有自己的看法，她沒有。
晨安這才定睛看著晨勉：「我們是血緣關係，妳是爸媽做愛生下來的，我也是，多清楚，我們不過是兩個個體。丹尼他是直接跟妳做愛、製造血緣的人啊！誰才是外人呢？是我！晨勉，妳為什麼真像單細胞動物，行為跟思想都那麼單一！為什麼要傷祖？」
原來祖才是最接近她生命的人，她雙手蒙住臉，聲音從指間迸出：「但是我心底一點都不想挽留他，也不想跟他去。晨安，對情感，我從來不作夢的！但是我有個像夢似的畫面，我直覺他母親快死了，他母親身體肯定出了什麼事，這才激發出精神上最後的瘋狂，母親死了，他就解脫了，他很快會回來。」
「妳告訴他妳的直覺了嗎？」
「沒有，這種直覺很容易變成一種詛咒，你不懂，他根本擺脫不了他母親，他從小受母親影響。這種男人你如何跟他生命發生關係？他反而會像命運一般改變你的磁場，你也這麼說過的。我喜歡他，但是我也怕他。晨安，你放心，他會回來的！用什麼方式回來我不知道。我只是個延遲預見結局的載體罷了。」

同為女人，他們母親同意晨勉的看法，他們父親卻以難辨的眼光測量晨安。編織交錯男人直覺示意圖。

晨勉和晨安走時，父親送他們到巷口，口中叼含石楠木菸斗，步出他們從小走慣的巷子，每次回家，父親一定送他們到巷口，以一種幸福男人的滿足和優閒姿態。這回完全不同，異樣空氣中，一整條巷子的緊繃。

晨勉車停在巷口，站在晨勉車旁，他們欲言又止，父親終於什麼話也沒說，揮手道了再見往回走。

晨勉望著父親背影，是父親教會她認識男人的。她父親最重視男人的細節部分——誠意，那代表男人純粹的品質。她父親最在乎「純粹」。

是一個典型的夏天深夜，晨勉和親弟弟站立巷子盡頭，感覺像子宮角落，而那刻他們是異卵雙胞胎，性別、長相、性格，一切不同。晨安勇敢的迎向晨勉：「妳不會了解我們的。」

晨勉同意，那屬於生命的課題，他們誰也無權打開對方的第一章。她只是不懂，晨安以同志書寫般銘刻自己的命運，他的命運顯然經過後天自身全力控制導引，為什麼將自己導向那條路？

「丹尼的身體感應力深深吸引了我，我強烈渴望用一個異性的身分去了解他，但是我什麼也沒做，只是不斷的被他吸引。什麼事也沒有發生，沒有紀錄。我一點罪惡感也沒有，但好累。」

「你不需要有罪惡感。那是不存在的。」

晨安並不是肉體同性戀者，他只是精神上對少數生命產生興趣，這連情感的潔癖也不是。

「所以我看不得妳糟蹋丹尼，像他這種人已經夠稀少了。」

晨勉以少見的誠懇：「我糟蹋不了他，我有個感覺，是他在控制我這一生，如果沒有他，我這一生永遠不會開始。晨安，你放心。」

晨安未應答便轉身而去。晨勉對自己這一生從來輕忽不在乎，快步離開的晨安卻被她逼出了淚。生命的複雜，勢將使得晨安和祖的心靈結合比什麼都困難。她將親眼目送祖離開，有一天看著他回來。如此事不關己，彷彿她看見的不是自己的生命，是別人的生命。

祖再打電話是在機場，下午班機。晨勉在一段空白後說：「我以為你已經走了。」

「給我時間解決我的問題，我不希望永遠見不到妳。」祖並不要她的承諾：「晨勉，再見。」

所投錢幣還有通話時間，道別完，他並沒有掛上話筒，而是將話筒置於電話機上方，晨勉甚至聽到他離遠的腳步聲。祖所在的地方，像座巨型發報器，將祖的心意擴大傳給她；這刻，晨勉無法掛電話，她聽到一陣陣滿月時潮水般人與人魚的交談之聲向她襲來。祖向她宣誓，只有她知道他正在離去。沒有速度的消失，就是停留。

3

丹尼走後近二個月，晨勉去了趟英國看晨安。她十分想念丹尼，習慣性的想到他；她生活的島上處處有他的回憶。她很少接到丹尼的電話，丹尼曾說他要就在她身邊，否則寧願什麼也不做，言語的浮飾未免矯情，原則上晨勉同意，所以她想念他，但是沒有辦法去到他生活裡，她不願意面對他的家庭。他們之間差別最大的不是年齡，而是家庭觀念。丹尼的愛最後回歸家庭，但個人不願意結婚、生子；她重視情感，卻是一切愛由家庭出走。她甚至不確定丹尼離開後仍愛她。

晨安不再開她玩笑，只對她說：「妳相不相信，妳才是不值得信賴的，妳大可拒絕再和他見面，可是妳在事後那麼遲疑於對他的情感，妳是在羞辱一個和妳有愛的記憶的人，妳知不知道？」

晨安可以對所愛的人做任何事，多荒謬都行，光是為了愛他們；她呢？什麼都不做，只做一樣——不愛他們。事實似乎如此，她不明白哪裡出了問題。

晨安說：「我們花那麼大的力氣，才能從以前的背景跳出來，相信自己是正常的；但是話說回來，晨勉，想想，妳不如仍保持妳瘋子般的特質，至少妳在外表上看不出來，這對妳來說才是正常的。」

她在晨安那裡住了四天，每天和晨安交談，終於確定她和丹尼不在同個小島，之前他雖然離開，但卻彷彿隨時出現，躲都躲不掉；唯一，他們現在同在北半球，不是澳洲、美洲、亞洲，更遠距。她選擇了這樣的存在方式，之前她從沒有這種選擇。她決定不再想丹尼種種，畢竟，他是和所有事情一起發生的，她不該讓丹尼單獨存在困擾自己。除非他們結婚，丹尼違背個人意願放棄一切，她也放棄。晨勉帶著她的平靜回到香港。

男性香水的攻勢非常成功，這期間，她甚至到過中國，大陸氣候與那塊土地上的生活形式，讓她如陷泥沼。她在那裡接觸了不少洋公司的高級主管，他們在那裡不像台商，對女性充滿新的歧視。閉塞的巨大土地，晨勉在那裡停留了將近一個月，從沿海工商口岸上海、廣州，到大跨度南北內陸腹地名都古城——西安、大理、北京……，走過之處絲毫嗅覺不到開放城市的氣氛，但香水市場評估因此更具開發潛力，晨勉覺得還蠻變態的。

那段時間因為工作需要，她不斷學習重新認識大陸地理文化生態，歷史相較在巨大板塊上容易凝聚，保留原樣，有些家族世世代代沒人離開過出生、成長的故鄉。她是沒有土地認同的人，非常恐懼這種無變化的植根。

她同時認識了一些台灣「外省人」在大陸做生意，他們對她充滿意見，他們大部分為中小型企業主，有人玩笑似：「現在台灣外省人根本沒法混，妳是本省人，又有外商經驗，條件好，回台灣撈錢嘛！一邊說我們是既得利益的一群，排斥我們，一邊到外省人老家來搶灘，妳更怪，是台灣人幫外國人到中國打市場。」

這是哪一種文化認同呢？她沒有反駁，她早不是純粹的中國人了，像香港人，問她是哪裡人？就是香港人，說粵語但不是廣東人。

她想念她的島。她頭一遭遇見，新的歧視，是歧視你的籍貫、族群，不是出身、階級、教養……，更不是你是個什麼樣的人。這簡直像一場雷聲轟隆而無雨點的天象，聽到了什麼，卻沒見到什麼，情況不明；她的社會價值觀從來理性自持，不主動攻擊不接受攻擊，為什麼如此情緒化界定人的從屬？她不懂。

她就是在這異樣的時空，每每忘了丹尼的存在。如果不是因為丹尼得到一個跨領域獎助計畫，做亞洲地區島嶼民族文化行為研究，他選擇了峇里島為對象，搜集資料重返亞洲，他們在上次便結束了；也不會因此建立未來三年的交往模式，那正好是丹尼設定拿到博士學位的年限。

丹尼在那三年中，不斷離題岔線而意外非常忙碌，使得他的故事彷彿敘述，成為一次次訴說的過程，就因為她未參與其中。他母親在他資料搜集之初發現得了腸癌，丹尼剛到峇里島半個月便趕回去照顧母親。丹尼是家中獨子，上頭有一個姊姊，姊姊的年齡也比晨勉小。丹尼的家庭觀念牢固投入，他沒對家人提過晨勉，怕家人要見她。

他剛到峇里島寄信給晨勉，她在一個月後從大陸回到小島才看到；以前，她在晨安那裡，沒和丹尼通電話，都錯過了。她見信立刻撥電話去峇里島，旅店表示他早退租。信中他希望她到峇里島，他租了長期房間，他們可以相處久一點時間。但是他匆忙離開，完全沒說一聲，她雖然很生氣，但並不打算表現出來。她靜靜等候他的另一次約會，她相信丹尼知道她不在小島，並非故意不回信。二週後她去了新加坡。

男性香水觀點，開發出意料之外的潛能處女地，總公司在亞洲巡迴市調結束後，財報出爐，發了筆可觀的獎金給晨勉。晨勉在這段時間，認識了一位赴英求學後返回香江，在電視台新聞部任職的港人，鍾。她在厭倦了洋人的高姿態以及台灣男人那套市場搖擺價值觀之後，十分認真的考慮和鍾交往的可能。認真而不帶感情。

事實上，丹尼之前，她身邊並沒停過各式男伴，但都不是感情的交往。她處的社會，一個沒有男伴的女人總不那麼有價值，人家會說她古怪、同志或被異性排擠，這點，她按照社會價值走，分際清楚；她完全知道自己要什麼。因此，即使在丹尼出現之後，她仍繼續保持此社會身分。她認識了鍾。

鍾的英式教育保存理性，東方成長經驗則給了生活韌性。他中西兼具的背景，為晨勉在經過丹尼之後所渴望。她有時想晨安說她是瘋子，恐怕是。

她和鍾之間與丹尼完全不同的是，他們沒有愛情的過程，他們不發現愛的內容，也不經營愛的形式，他們循著情人們已經建好的模式，出席酒會、聽音樂、看畫展服裝秀生日宴與朋友來往，但是不旅行，她的理由是她的工作等於旅行，她在香港停留時希望休息。鍾讚美她無名指的戒指很獨特，並不問誰送的。她和鍾約會，一直戴著丹尼送她的戒指，似有若無暗示那可能是枚定情戒。

可笑的是鍾並不認為他們之間有何問題，晨勉很快就發現，他不是戀愛中的人，是實踐戀愛的人，他太自信！

就在進行到他們該上床階段，他們就做愛了，當然是在鍾的住處；一切如晨勉意料，而非晨勉需要。整段過程，一片空白，鍾不像丹尼會癡迷的問：「可以嗎？」她懷疑他是照著「做愛手冊」步驟進行，完全沒有個人風格，可怕的一種沒有習慣的行為，可以是任何人。她沒辦法不比較他和丹尼給她的感覺，而這想法快速淹沒她，晨勉悲哀到無法自已，默聲穿好衣服流著淚由鍾身邊直接走掉。她並不後悔，她從來不認同貞潔，人需要的是愛情觀。她只是沒有辦法面對性的記憶。

更恐怖的是，她居然沒有避孕，事實上和丹尼在一起她也從來不避孕。她等了一段時間，沒有狀況，她想自己可能是那種天生不容易懷孕的女人。鍾也一直沒有露面，他打過電話、送過花，為不太清楚錯在哪裡的行為道歉，探詢還有更深一步交往的可能嗎？晨勉知道他對她的反應好奇，但他是一個沒有問題的人，得不到允諾，便回到原來在的地方等待另一次出發。

那段期間晨勉非常痛恨丹尼讓她陷於莫名無助孤獨之地。她在她熟悉的環境裡因為和別人思想不同覺得孤獨；她如果長久在他身邊，會因為生活習慣不同而陷入孤獨。她同時害怕，以前她在孤獨裡，並不覺得孤獨。丹尼一直沒有消息。

她再見到丹尼，是他們分別十個月後。丹尼母親的病沒有治好，過程的煎熬丹尼一度決定放棄學位，她母親臨終前發現他的戒指不在，知道了晨勉的存在，她要丹尼憑直覺去愛，晨勉一定具有同樣能力。

他們約好在峇里島見面，晨勉那時已經不想再見他了。她覺得十個月才見一次面的愛情容易使人老，她不知道他們靠什麼維持，性嗎？但是他們的生活是空白的。

丹尼要求她，說提前給她過生日，如果她停留時間長點，就可以正式慶生。

他在接機室等她，飛行將近四小時，她正好生理期，整個人十分不舒服。她出關時空著手像進城，丹尼說那裡什麼都有又便宜，回程買個箱子裝當地添置的東西就夠了。

他突出一群飯店派來接旅客的服務生人群中，彷彿又長高了。她在等候驗關時就望見他，她在內部暗處，他在外面明處直立久久不動，她喜歡篤定的男人，他知道她會準時出現。

看到她時，他灰藍的眼珠如蒙覆一層淚，他緩步踱到她身前，無言地伸手牽她，帶她到最角落，旅人仍不時從他們身邊走過，他輕撫她的臉，她則看到他的淚，他緊緊擁抱她：「霍，我好想念妳。」他重重熱吻她，自然而然召喚記憶他們的方式，他抱起她全身，姿態從容，低聲問她：「可以嗎？」四周載客司機旅客一陣哄然，報以熱烈掌聲。他在任何場合這麼做，從不給人色急的感覺，他的確不那麼思考。

他租了輛吉普車，車身轉個彎便望見海。峇里島沒有冬季，只有雨季，由十月開始下到年底。傳統居家樓下四腳木柱懸空打造成涼亭，二樓是臥室。丹尼住的地方在海邊，民居，簡單，但是寧靜，且生活方便，不遠便是餐廳、店家林立的街市。丹尼的英語在那裡幾乎用不上，那裡每人都會說上一串英語，但是商業交易以外的生活英語，各有腔調，不懂也是另一種溝通，加上人們十分和善，晨勉在那裡於是快速恢復了對丹尼的善意與愛。

入夜時分，丹尼牽著她穿越扶桑掩映的花徑去一間表演當地舞劇的餐廳吃飯，舞台四周掛滿椰子樹編織的吊飾，丹尼說下午四、五點餐廳工作人員開始現場編織，是他們生活中的一部分。丹尼問每門口前必放祭品旁的花名，是扶桑，hibiscus；丹尼又問為什麼每道門框各是半邊，與另外一道合起來才成完整一扇門？又為什麼每門必拜？晨勉想想應當是指善惡、陰陽。丹尼苦笑：「東方人真厲害。」

晨勉笑著說：「洋鬼子才厲害呢！知道了來考人。」

印尼食物腥衝又辣，味道極重，丹尼說他過了一個月才大致摸清楚什麼好吃。要適應，大概要十年。他現在稍懂得東方民族的深沉、多變，也才了解晨勉為什麼不跟他走，晨勉微笑沒有接腔，其實，她只是沒辦法改變自己的多執性格。

劇舞並不特別驚豔，是最早的舞蹈形式；精緻的是餐廳的整體設計。丹尼酒喝少得多，第一杯敬她：「生日快樂。」她驀地覺察到，是從這刻，丹尼開始建立他們之間愛的模式，她如果接受，便該由這刻接受，一直到發生足以改變這狀況的事情結束。

他們步行回住處途中，遇上一列祭拜隊伍，丹尼帶著三分酒意說：「多感人！」

這和她與外婆、晨安每星期帶食物去如魔域處探望母親有何差別？他當時看到了會說感人嗎？外婆是母親的母親呢！在她，亦是，被祭拜的對象。祭拜的隊伍與他們錯身，夜空響起串串清越鈴聲。路另一邊傳來海浪聲，沒有對岸燈火，海面上沒有月亮映照，世界沒有遠近。

回到住處，丹尼將臥室四面窗櫺全撐開來，這點他像原人，喜歡睡在大地天光下。晨勉問：「你的葡萄酒呢？」丹尼說很久不喝了，他在這裡改喝啤酒。

晨勉說她今天不能「呼吸」，丹尼抱著她：「妳好香。」整晚，丹尼反覆問她：「可以嗎？」不斷親吻她，尋找一種記憶；他要記憶，身體並不重要。但是晨勉明確感覺到他變得較沉默，她不知道這段時間他內心起了什麼變化，他們幾乎不通電話、不通信，仗著默契，他們失去了感情過程最幽微可貴的部分。多麼令人遺憾，她反抱他，深覺抱歉。情感的累積錯失了便是另一局了。她再追問也枉然。

丹尼手上獎學金並不包括晨勉的開銷，晨勉的工作也需要她在，她暗估頂多在島上停留一個月。丹尼出去田野調查她多陪他去，偶爾自己單獨出去逛。她很在乎丹尼的研究，雖然她認為那於生命是徒勞，她可喜歡丹尼在固定領域中，她得以在範圍裡觀察他、記憶他。她目前的成就來自比他早出道，時機對了，而他現在累積的是未來，她只是工作而已。她並不擔心，丹尼這點非常自信，男人對他們內行的事，是絕不天真的；對他們在乎的事，更天真不起來。

晨勉絕口不提鍾的事，事實上那根本不具意義，她並不排除再發生的可能。目前她很喜歡丹尼，很喜歡這種生活，然而它們總有結束的一天。所有的事物在活的時候，不會呈靜止狀態。

她和丹尼的情感，若要保持活的狀態，勢必持續在不同的經緯度、月份約會，但這也沒有辦法避免他們的愛一點一點消失。她當時不知道還有多久時間。

丹尼已經蒐集夠需要的材料，逐漸進入峇里島的雨季，丹尼想到就害怕，結果他們同步離開那裡。晨勉飛香港，他飛德國。未來的三年中，晨勉的生日丹尼都不在，峇里島那次，成為最接近她生日的一次相處。

也是那個月，他們爆發了相處以來最大的爭吵。丹尼不知怎麼覺察到晨勉沒有避孕，他完全無法置信：「妳為什麼不避孕？」

晨勉面對丹尼忽然失去理性，還以憤怒；她明白那是他的弱點，但他可以選擇不把弱點擴大嚴重化。她冷冷回應：「我從來不避孕的。」

「那妳應該告訴我，我好有心理準備。」

「你現在知道了。」她從生活訓練不遲疑於反擊，只是對丹尼她儘量保留。

丹尼大怒：「該死！是我發現，不是妳告訴我的。妳尤其不該那麼天真。」

她當下未理清是哪點更傷害他，是她沒有避孕呢？還是「尤其不該那麼天真」，光覺得腦海一片空白，一句話都不想再講，拿了護照開門走人，太晚已經沒有航班，丹尼也知道，但是他由她離開。

她很快找去他們第一天看表演的旅館住下，侍者帶領她快步穿過扶桑花徑，花影搖曳，她內在有什麼東西層層剝落，慚愧於自己太天真嗎？男人和女人對在乎的事最大的不同，女人往往更天真。

住妥後，安靜下來，想到自己也就是像來的時候那樣回去，或許有點空虛，但沒少什麼，不定還學到一件事——避孕的哲學。如果你和一個男人發展成固定關係，像鍾，就不必了。

不久有人敲門，以為是服務生，打開門，丹尼站在門外，她不帶情緒平緩道：「我不想再討論這問題，你有興趣我們以後再說。」

丹尼低垂眼瞼：「我沒有辦法控制，我很抱歉。」

晨勉說：「謝謝你的道歉，我要睡了。」

丹尼沉沉道：「霍，這是另一個島，我們可能擁有的唯一的地方，妳不肯原諒我嗎？」

「丹尼，我原諒你就是接受你的規則，我已經三十二歲了，不願意按照別人的規則行事。」

丹尼伸手將她雙臂拉向環抱他，低伏臉頰摩擦親吻她，一種氣息，自高處傳布，她不由踮起腳跟追尋他獨特的呼吸，她一直到後來，都無法拒絕那香味。

他更連聲頻繁追問：「可以嗎？」狂浪一般撲向她，在她越過之後，以更高潮引誘她。

如同她不懂他的沉默，她不懂他為什麼如此放任。

丹尼可以道歉，但是不會改變對懷孕的看法；他們再天生合適，是愛的合適，不包括婚姻及孩子。他們這種合適會因為家庭而變得平凡。

丹尼事後問她：「萬一懷孕怎麼辦？」

「我不會。」她沒有對他說過鍾的事。

「為什麼不會？」

「我不知道，也許是我潛意識導向這樣吧？」

丹尼在香港轉機，他甚至不入境。她一點一點失去他。這已經不是可能，是必然。

丹尼不再去峇里島，晨勉說來年會常去日本，她的公司失去那塊市場已經很久，她被指派趁勝展開另一個計畫。丹尼說她的身分在西方想進攻東方時占盡便宜。她又一次面對來自丹尼的東方主義西方優越。偏偏她當然是，如果有天這身分不再吃香，她會立刻變身。為了現實而改變一向容易得多。

「也許是日本。」丹尼初步訂下他們下次約會。

日本市場因為保護得相當嚴密，企業倫理根深柢固，要取得部分市場，除了跟他們合作，似別無他法，晨勉市調受挫即刻向公司反映，經過多次研商，公司徹底退出。晨勉全心投入時以為至少可以些許進步，她事前曾作過分析，要日本接受世界級明星可以，他們樂於出高酬邀請跨國巨星拍企業廣告，但對香水品牌的接受度未到時間；而且偶像明星不會危及他們的產業，技術產品就難說了。她的分析事後證明了她的權威性。

晨勉因此沒有和丹尼在日本見面。另一個原因是晨安準備離婚，晨勉得去英國陪晨安。晨安的婚姻維持那麼久，已經是個意外，也許因為從開始就不抱希望。但是經過那麼長時間，晨勉已經習慣時，卻有了變化。

晨安在電話裡留言：「妳如果想看我就來，別專程飛來安慰我，我很好，放心。」晨勉去了，不去她們就少見一次。晨安氣色還好，就是整個瘦了一圈，亞伯特先搬出去了。晨勉到後才知道不想讓她來的理由，她不在，晨安才好撐起精神跟亞伯特打官司，亞伯特帶女人回家上床被晨安撞見，亞伯特不想離婚，捨不得放棄現有的一切。晨安把母親殺父親的報紙影印給亞伯特看，亞伯特不懂中文，但相信晨安不會騙他，驚嚇到立刻同意離婚。但要求平分財產，鬧上法庭後，多次開庭，晨安舉證歷歷，終審法庭判決房子、車子、存款全歸晨安，那幾年亞伯特並沒什麼研究成績，學校的地位岌岌可危，升等、薪資凍結不前，晨安歷來收入超過亞伯特，家裡都是晨安在支撐；亞伯特的薪水，旅行、買書、酒，外帶交女友都用在自己身上，加上把女朋友帶回家極不道德。晨安婚姻不堪整個攤在世人面前。

晨勉眼見晨安進行官司，是那樣不顧顏面，便勸晨安適時止血，晨安未必同意，但答應會儘快結束。晨安對亞伯特將女人帶回家意外地極端痛恨，幾度疾聲厲斥他無恥。

晨勉輕聲提醒：「晨安，別忘了當初妳不愛他，欺騙他。亞伯特並不過分，男人也會在意妻子愛不愛他。」

如果晨安不痛苦，晨勉認為結局還算圓滿；如果晨安痛苦，是應得的報應，本來不該敷衍人家在先。晨安過度反應，晨勉認為她是痛苦的。

晨勉心傷晨安，暗思晨安這一生，除了她這個姊姊、外婆、母親，全是女性愛，連婚姻都無緣得到男性的愛，是晨安不相信愛情嗎？還是不相信男性，若真不相信男性，晨安是個同性戀者可能還幸福，至少可以得到情感的慰藉。現在她卻為失去尊嚴而痛苦，晨安難道不明白，在愛情的身世裡，沒有尊嚴的尺度，只有愛的尺度？看來晨安真的沒有愛過。

有一天稍早，亞伯特趁晨勉在家，回來取東西，晨勉和他有了短暫的單獨交談。亞伯特告狀晨安不貞，專門和自己的男學生夾纏不清，晨勉喝斥，要他住嘴，亞伯特言之鑿鑿，晨勉便想背著晨安補償他讓他封口，尋思恐怕適反留下理虧的話柄，才打消了念頭。她末了對亞伯特說：「男人再吃虧，就事論事，不該說三道四。」亞伯特還想解釋，晨勉制止：「我儘量說服晨安，貼你一點。」晨安後來知道亞伯特來過及說過的話，反過頭安慰晨勉：「那個變態鬼發瘋，懶得理他！」

半夜，晨勉在長串狂叫中驚醒奔出房門，聲音由晨安房間傳出，狂叫後，餘震似的，是重重喘息抽噓，晨安陷在怎麼樣的絕境了？她母親恐怕未必如此心痛，至少沒出現類此後遺症。她們究竟在承受一己作為？還是概括承受，情感歷史如重力加速度，不是將他們打入人世，是直接打入地獄。

晨安仍困在噩夢裡，晨勉輕聲喚醒她，問她夢見什麼？她反問晨勉：「我狂叫了嗎？」以前也發生過？一定是亞伯特告訴她的。晨安說夢見自己把亞伯特殺了。方式和母親一樣，最恐怖的是，她是那樣的熟練。

「晨安，妳愛他嗎？」

「我不知道，我只知道我恨他的感覺。」

「妳可以跟他相處嗎？」

晨安點頭：「那倒不難。」

晨勉認為應該把問題的癥結找出來了，她平心誠懇問道：「關於男學生，有多少真實的成分？」

「我不知道怎麼區別情感的真實還是性的真實，妳知道外國人有時是很天真的——」

「沒有那麼天真。」晨勉加強語氣，她說過，男人對他們在乎的事，天真不起來。如果天真，便不那麼在乎。

「他很有活力，成績很好，不需要靠我拿分數，所以不至於是種盤算，而且沒人知道這件事，妳了解的，我要隱藏，連噴嚏都忍得住。」

「你們做過愛？」

「做過。他已經拿到學位了，是我指導的碩士生。我沒有絲毫罪惡感，如果是一筆情感交易我會不齒自己，又不是。」

「那是什麼？」

晨安笑了：「一種需要。我知道我們在本能上適合。」

晨勉不禁搖頭：「妳已經在暗示你和亞伯特是情感交易了。別移開話題，亞伯特怎麼會知道這件事？」

晨安說：「他知道什麼，他隨便祭出個八卦，無非想模糊事實撈點好處，他可不天真。」

「晨安，妳可能在離婚後仍和亞伯特來往嗎？」

「那不困難，妳知道，一切都是形式而已，我相信以個人來往會比夫妻形式更具吸引力。」

晨勉再回到香港，遲至的冬季不久來臨。灰暗衣著的行人風景，一波一波街道上來去，如黑浪。香港是這樣的勤於反應時尚流行，這一季最時新的顏色是黑色。一個黑色的話題。

晨勉不久收到晨安的信，那意味晨安不願意直接面對她；這之間她們通過幾次電話，晨安從沒提過寫了信。信上說亞伯特開始否認有女朋友這回事，完全忘記他們離婚的理由，荒謬到說晨安冤枉他，現在亞伯特把精神及錢全放在晨安身上，他們居然開始正式約會，有種熟悉的陌生感。

晨勉毫不意外。打電話去，只問晨安現在還作噩夢嗎？晨安沉默片刻：「我不知道，現在沒有人在身邊告訴我作噩夢沒有。」

「妳和亞伯特約會不留他過夜？」

「還不到時候。」

兩人竟然願意從頭開始，晨安的心情明顯在此種狀態找到重心，並且認識到發展的空間。晨勉現在該做的，只是支持她。

晨勉掛電話那刻，因荒謬而感覺這年冬季格外濕冷，頻頻熱線，但她回到人群裡卻無話可說，失去了實現生活的感覺。晨安的事，如一波意識型態浪潮撲向她，且重重包圍她的生活。然而這人是她無法因時間而忘掉，不像總有那麼片刻她忘記丹尼的存在。她努力搜索丹尼的相貌及氣味，她不知道如何接近真實生活中的他。

那年離島的冬季雨水特別豐沛，日本受挫後晨勉的工作如陷泥沼，看不到自己的存在及未來，她失去了感覺能力。當雨天持續下成新的一季，她想起父親那張特別青白的臉，難以捉摸的另一種面孔，不是這世界上的，如同這下成另一季之雨季。晨勉決定離開屋子去找丹尼。她也許不和他見面，但是她要知道他真實生活空間與內容。「他周圍有些什麼呢？」她很意外自己的好奇，發現自己的注意力正迅速轉移。

那真是特別的一年，世界籠罩在全球經濟不景氣的趨勢裡，進退維谷，晨勉公司緩慢下來開發市場的腳步，只求鞏固現有市場，晨勉毫無前奏的遞上留職停薪長假單，她不多解釋，公司思考後傾向她趁休長假做全球市場調查，可以支用公費，晨勉被迫說明去的地方不在亞洲地區，其他非責任地區她並無長期觀察；市場分析，靠的若是直覺未免太冒險。她支持公事公辦，若是為了維持體例，她不排除辭職的可能。公司副總裁喬治送來帖子請她吃飯，負責傳達公司指示，公司願意冒險，喬治也願意：「妳可以考慮我的求婚嗎？」

晨勉微笑：「你明明知道答案的。」此時此刻她同意晨安「男人非常天真」的說法，這種天真像自體釀造的酒，個人很陶醉。副總裁喬治疑惑地問：「妳有什麼要求？」

晨勉說：「我談的公事，用私事做總結，我真的很難表示看法。」

晨勉永遠記得她是在十二月二十三號到達慕尼黑，那裡更冷。她找去丹尼學校附近旅館住下。正逢耶誕節長假，市區幾乎淨空傾城度假去了，旅館大量空房，她選了面街向學校的套間，家庭住宿暫時無法聯絡，學校亦空蕩蕩，到處冷清如廢墟，晨勉這才意識到，也許她這次不是來看丹尼，是來看自己，她以情感傳呼自己的好奇心，想進一步探究丹尼或以什麼姿勢與他者女性相處。晨勉一步步走向自己的情感內核。

丹尼和同齡男子不同的是他對家庭的眷戀，他一直住在家裡，這點他甚至認為是一種幸運。丹尼父親是教授，丹尼是父親任教大學博士生，所以他們住大學城裡，丹尼曾說平常都騎單車去學校，需要才開車。

丹尼果然度假去了，他學分已修滿，不必每天去學校，不過他養成每天去學校圖書館的習慣，丹尼在這方面帶有強烈的學生氣質。因此該度假時便去度假。

晨勉循址找到丹尼家，好巧丹尼家對面公寓有套房出租，租金不便宜，房東老夫婦住下層，喜歡選擇性把房間租給順眼的年輕人，頂上有他們經常移動發出喜悅的聲音像房間注入喜悅的生命，從沒租過東方人，老夫婦覺得新鮮有趣，迅速便租定了。屋子家具齊全，租期可長可短，作風完全不像德國人。晨勉先就表示只住短期，有合適的房客她隨時搬走。房間窗戶面對丹尼家，再巧合沒有了，然而晨勉並沒有偷窺的感覺，她說服自己，這非她處心積慮，只是巧合，她到此尋找真相，隨時可以結束。

她決定不打電話給丹尼，如果他們通話，卻不告訴他自己所在，就真的變成欺騙。丹尼度假後將回到家，晨勉趁空去了趟巴黎，她答應副總裁至少去巴黎「嗅聞」一下歐洲香水氣息與時尚生態。這件事上，他們非常相信她的直覺。

她並不真心想跟上司鬧翻。巴黎回到慕尼黑已是深夜；丹尼未必發現對面樓層的變化，房東說她的房間才空了一周。第二天黃昏當她靠近窗戶外眺，不意親眼目睹對面其中一間房的光燃亮，她驀地看到丹尼在芸芸眾眾物件中浮凸出來。她站的角度，使她看到丹尼那一刻，重新與丹尼在往離島的渡輪上如閱讀般重逢，沉靜而篤定，凝聚光也凝聚思考。她不忍迴避開眼光。

另一次白天，大約早上九點丹尼騎自行車出門，整個人曝在亮處，晨勉於天光下長鏡頭般檢視他，他曬黑了。他又去了峇里島嗎？即使歐洲正冬季，赤道國度一逕強烈的陽光。晨勉同時張望到丹尼父親，灰髮抽菸斗慢動作喝咖啡看報，一個看來有自己生活的男人。就此打住，晨勉覺得不該觀察丹尼家人。

早上時光比晨勉想像中更寧靜，更足以凝聚思路，她決定抽離這個房間，提醒自己不要隨時注視丹尼的窗戶，像隻野獸。

慕尼黑這時看起比想像龐大無序，她意識到，要了解丹尼的世界，必須懂得他的語文，晨勉決定學德文。她在語文中心布告欄看到一則招貼，說希望學中文，可以德文作為交換。晨勉當下打電話過去。對方是個女孩，自學取了中文名字，多友，已學了五年中文，二十五歲了，還在讀大學，剛從台灣回來，為了怕忘記中文，所以積極找中文老師。

晨勉坦誠隨時會離開，多友說能夠了解，他們的城市太乏味，不像台灣或香港那麼有生氣。晨勉不想多解釋。

晨勉在認識多友後才知道一個人可以孤單到何種程度，多友與家庭不親，也沒有什麼朋友與年輕女孩的嗜好，很小便離家獨立生活，常用旅行擺脫寂寞，多友說：「反正到哪裡都是一個人。」

她們約定每天上課，「反正時間也沒什麼用，一天和一周、一人和兩人都差不多。」多友說。上課有時早晨，有時下午，晚上她要觀察丹尼。多友的話不多，口頭禪是「反正……」。她們上課兩個月了，但是晨勉對丹尼生活的觀察累積並不多。

她們有一天早晨上完課吃中飯，離氣候轉暖還得幾個月；多友望著路邊來往行人：「這是目前為止我人生最不寂寞的一段時光。」光天化日，竟如洪荒。多友金白皮膚陽光下閃閃發亮，如一個鍍金玩偶，難怪如此不真實。然而晨勉知道，多友的寂寞是真實的。

晨勉頓時明白了所謂無路可走。人們對事情了解得再透徹，事情本身並沒有生命，人人事實上是在絕境裡淘找愛下去的理由、文學的理由……，依附這些理由壯大心理，人其實很卑微。

晨勉與多友偕行往丹尼學校散步走去，想通透了，晨勉不再害怕碰到丹尼，如果遇見他，那也是很自然的事，畢竟她在他的城市。沒有任何事比生活本身更勉強了。她在那一刻和多友如此相濡以沫，她甚至以為如果能愛上多友，同性戀也沒什麼不好。

丹尼學校有漢學研究所，多友十分羨慕那裡的研究生，說自己這輩子運氣不特別好，也不特別壞，可以說是個標準的平凡人，但是如果能許一次願，她唯一希望人生好運氣能應驗在進漢學研究所這事上。

「如果進不了，我計畫去中國大陸旅行，至少住一年。」多友認為中國幅員遼闊，地理區隔多樣貌，隨便哪個地方停留半月十天，一年還不夠去幾處。晨勉則彷彿看到一個寂寞的人連影子都沒有的沒入十億人群中。

晨勉問多友如此喜歡中國，為什麼不嫁個中國男人。

多友笑著搖頭：「第一，我這塊頭中國男人未必合適，第二，婚姻跟人的存在各自獨立，我不可能放棄自我進入婚姻，尤其中國人的婚姻觀是那樣的家庭化，一切都是家庭，我沒辦法。」

晨勉意識到丹尼也有類似的疑惑，那是民族性，不是某件事可以改變的。丹尼和多友都是生活與思考理性區隔清楚之人，晨勉已經親身體驗丹尼知識訓練之地，但那與她能否了解丹尼生活還有段距離。

當晚晨勉回去較遲，就在街口，晨勉長望見丹尼站在公寓大門亮處視線朝她位置，晨勉繼續往前走，給自己一個面對丹尼的機會。寒冷的冬天，她所在的黑暗，她突然覺得自己只有十歲，正鼓起勇氣去監獄探望母親。事情已經發生了，所有大喜大悲的心情都過去了。唯一要做的，是走下去。

她還沒有走到亮處，丹尼突然轉身進了大門內。她這時要叫已來不及了。她應當一路喊過來嗎？她想她沒有那份勇氣。她上樓站在窗前，原來丹尼家有聚會，他剛才在門口等誰？「他會喝成幾分酒意？」六分酒意時，他在黑夜裡散發個性與光。兩個月中，晨勉不止一次見丹尼在家裡喝啤酒。這會兒丹尼家每間房燈都燃亮了，人在亮處活動，感覺人影幢幢如皮影戲；光和人影撞擊著她。她離開窗前，想到多友的「運氣」說，油然冒出哭的欲望，卻沒有淚水，她很少為感覺哭，這次也不例外；她很少因感情而自憐，這次也不例外。跟丹尼家比，她所在確實暗淡，暗到連一盞燈都相對刺眼多餘，像多友一個人的世界，他人是多餘。索性熄了屋內這盞燈，黑暗中取出「丹尼的紅葡萄酒」，在酒的記憶裡，找尋丹尼可能喝成幾分醉的線索。

午夜，熱情的聚會才散去，丹尼開車送一名金髮女子，「丹尼現在有八分酒意嗎？」八分酒意丹尼會孤獨地起身黑夜告辭。

丹尼當晚沒有回家。重逢那天來臨時，她要牢記，必須管緊自己，不去問丹尼聚會後去了哪裡。

丹尼是個年輕男孩，他對她的愛都是真的，她不在，他這麼做再自然沒有了；他當著她面這麼做是她自找的。她唯一能說的是，她終於看見了丹尼的生活，他們的差距。她從來不在其他愛情上享受樂趣，丹尼會。

晨勉整夜失眠，卻有種落葉歸根的寧靜感，文風不動平鋪床上，等待終老。第二天，晨勉出門時，丹尼仍未回家。晨勉和多友面對面，聽著另一種語言，心不在焉，為什麼在這個城市她從來沒有真正遇見過丹尼？天開始飄雪，輕輕降下，無聲無息。難怪丹尼怕雨，雨聲確實太響。想到這對比，晨勉嘴角不覺浮上笑容。

多友打住，用中文問晨勉：「妳為什麼一句德語不會說卻像尋根似的來到這裡？」

晨勉雙手掩面，淚水無聲順著指縫流溢。事情呈現時，她無法獨自待在屋裡，但是在人前，她又說不出什麼。領略多友及這城市的善意，然而她怎麼告訴多友關於她的行為？她通過丹尼終於明白真實的自己——她從小沒有父親和完整的愛，她渴望家的感覺。丹尼已經有家了，文化背景的不同、性別的差異，他不會了解一個東方女人對愛的深層需要。最糟糕的是，她以前從不承認自己的內在感覺；她成長及工作的環境，不教導原始的愛。她相信自己是委屈的，和什麼比，和整個社會教養比。此刻，她希望將丹尼從自己體內釋放出去，她對他的需要應該只如大地對雨水的需要，順其自然而已。眼前，她自有幸福——一個並不討厭的人在她身邊。

晨勉用德語對多友說：「謝謝妳，多友。」多友看到她的洪荒嗎？她不知道。如果天地會毀滅再生，愛情也會。

晨勉回到住處，又見到丹尼房間亮著燈。當他們做愛，她的身體在他身體周圍；當他們不做愛，現在，她整個人在他生活四周，不光是身體某部分的接觸，她注定只在他四周。那種毀滅的欲力，使她像一座被火山岩漿覆蓋的石頭，無法離開窗口。

當晚，金髮女子再度單獨現身丹尼家，參與家庭生活。愛情的重生往往因著毀滅；

毀滅如果出於善意，愛會因為留有餘地而尊嚴。晨勉並不以為自己懂得愛，不過她開始懂得。

晨勉明白，她該走了，離開她的情感公園。

冬季仍未完全過去，晨勉回到離島，香港正準備迎接舊曆年，有結婚打算的情侶大都趕在年前完婚，鍾的喜帖放在她桌上，婚禮在兩天後舉行。看來，她曾無意中闖進鍾的「前家庭時期」。她不知道鍾是如此堅定要結婚的。聽得到海濤的屋子，並沒有丹尼的信及電話訊息。她的生活至此真正孤獨起來，以前不算。

鍾結婚當天，晨勉訂了鮮花直接送到新房，她親自挑選花材與樣式，珠粉玫瑰與白茶花是主角，清新溫馨而討喜。晨勉從來不如此多情，唯一解釋是抱歉吧！

婚禮後的雞尾酒會上，鍾的未婚男同事組成一支規模不小的「相親隊伍」，穿梭在女客中尋找對象，這是一種港式文化，晨勉因為很少參加這種場合，面對如跑馬燈般的人物情節台詞，不免意外。當周遭男性、女性體味匯成一股氣旋上升，她終於被孤立在人潮的浪頭上，滑落又盪高；相親者長於衝浪，嫻熟的身段，見到有人溺水彷彿帶給他們樂趣與刺激，野蠻遊戲。

鍾向晨勉介紹新婚妻子，鍾太太身上已經混合了幾十種香水，所謂歷劫歸來。鍾太太說：「謝謝送的花，哪天有空到我們家喝茶。」像她身上的混合氣息，嗅不出來禮貌還是暗示。

鍾不致出於歷史意識把過去告訴妻子吧？晨勉內心一轉彎，頓時明白送花一舉其實是自掀底牌，不覺更抱歉環顧左右掃了一遍會場，當視線重新落在鍾臉上，鍾說：「打電話當面邀請妳，公司說妳上德國會男朋友去了？沒想到妳能參加。」鍾鋪設釋放他們關係的路線。她卻看到自己在放大鏡底下失去形狀。

晨勉收束渙散：「去了二個月，歐洲真冷。」語氣正常得過了分，更嫌疑，她只好低頭對自己發笑。

當鍾太太以眼神告訴鍾該移動位置繼續向前；晨勉知道，她這輩子不會再看見鍾，她留在原地了。一切都在崩解，難怪晨安執意打破和亞伯特病了的沉默關係。

她搭最後一班渡輪回到離島，像每天返航一樣，靜觀注視島出現的方向。香港的冬天一向和亞熱帶島嶼印象有些距離，灰濛的海面，即使月亮的夜晚不反光也不延伸光，只聽聞海水在船身腹底沉浮划過，船隻即一座島嶼。

當船進港，有去處的船隻便不再是島嶼。

冬季的小島早早便抿熄了燈火，港內的蛋民是少數晚睡的燈火來源，微弱的一盞盞螢光倒映在擁擠的海面上，失去了反射的空間。不管怎麼樣，這島上仍有人清醒著。

晨勉順著零星光照環島散步，一眼望去島嶼周圍海水，記起丹尼在島上停留的最後一晚，巡禮後將海邊的泥沙帶進她屋子，她如果能夠原諒在德國看到丹尼的一切，也因為這一刻她仍能覺到他的存在。丹尼使她陷入孤獨，如果沒有他，她將更孤獨。人生的報應來得多麼快，以前她交往也放棄男人，他們是如何明白感情是怎麼回事的？現在，她對丹尼做了什麼？這份孤獨的感覺她一刻也逃不掉。她如果恨丹尼，也因為這一刻。

腳步停在丹尼島上第一次住的度假小屋，其中一幢透出暈光，並不是完全無人在冬天來島上度假。她突然明白丹尼不會再在這裡出現了，不必等下次，她現在就失去他了。

就在當天更晚，晨勉接到丹尼電話，丹尼略帶醉意，嗓音似感冒了，沉沉的問晨勉近來去哪裡了？沒聽她說有其他的計畫。她情緒正處在最低潮，心裡她雖沒辦法拒絕丹尼，想到他現在的醉意有可能是被情感催化才如此高亢，情感的對象卻不是她，似乎他們的感情時區從沒對準過。晨勉愈發消沉：「哪裡也沒去。」

丹尼並沒有完全醉，片刻沉默，他說：「我好想妳。」

晨勉站在黑暗裡，如被孤獨包圍。他是在回憶她，還是正與她交換當下情感？她忍不住自言自語學他：「可以嗎？」

丹尼忽地語氣急促，如電觸真實可感伸手抱她：「晨勉，可以嗎？妳的島現在什麼時間？」

晨勉讓自己平躺在沙發，那張丹尼第一次進屋子時吻她的沙發，她說：「半夜二點。」閉上雙眼，以敘述方式交談：「最後一天你在島上，深夜下起大雨，我們沿著傍海的路向家的燈光跑，你一直握緊我的手，雨水順著我們的手臂往下流，我以為自己在出汗，那時候真的像做愛時汗水流過我們身體之間的感覺。我沒有辦法呼吸，但是身體充滿了空氣，後來，你在廊燈下脫掉我們的衣服，用透濕的身體擁抱我——」

丹尼說：「晨勉，妳為什麼不在我這裡？」他在求愛，盼望得到晨勉即時的慰藉。

晨勉寂寞中沉得更低，她和黑暗只隔著一層衣服。她繼續敘述：「我以為那一刻你會和雨水在門廊上迎接我，但是你沒有，知道嗎？你等於在那一刻遺棄了我。後來你引領我回到床上，為什麼？丹尼，你有某種潔癖嗎？做愛時仍堅持習慣？」她在折磨他，她已經知道感情是最野蠻的了。

丹尼冷卻下來：「晨勉，我第一次聽妳描繪做愛，妳的感覺很準確；但是這種敘述方式非常奇怪，妳在恨我嗎？」

丹尼流露難抑的悲哀，晨勉更難過，她緩重歎了口長氣：「是的，我自己也很驚訝。」

丹尼問：「妳計畫好了用這種方式折磨我？」

晨勉說：「不是事先的設計。我自己才經歷過這種失落的折磨，這是失去後反應，我甚至不知道它過去沒有。丹尼，我非常想念以前的那個你，想和那個你做愛，渴望和你成為特具的身體，這個念頭，將我帶到東、帶到西，我反而和這個念頭成為一體，我擺脫不掉。」

丹尼彷彿以手撫摸她的臉說道：「晨勉，妳為什麼不來找我？」

晨勉淡淡說道：「我去過了。」

丹尼問：「在你剛才敘述的時候？晨勉，妳現在放棄恨我，我們純淨的以敘述方式做愛好不好？」

晨勉說：「不了，我累了，我要睡了，我還有生活，不光是身體而已。丹尼，你為什麼不肯再到這個島？你不來，我只有性想像，我看不見自己真實的身體，卻隨時感覺到它，你為什麼不來和我的身體在一起呢？你很清楚，這是你建立的模式。不是我，你打這通電話時，到底想到什麼？感情？還是我這個人？還是你的良心？」晨勉知道，她如果在這一刻不嚴厲的拒絕丹尼，從此她將沉淪在電話做愛中，順從他的方式，並且使他們的愛空洞化。只有欲望的愛毫無發展的空間。她的愛不可能如此平面。

晨勉終於覺悟如何勾引丹尼，不是情感的勾引，是思想的勾引。她那獨具抽象敘述的能力，非常容易誘發丹尼的迷惑循路回來找她。

她以中文與丹尼道別：「丹尼，你是個渾蛋。」

丹尼亦回以中文：「是嗎？」

晨勉詫笑：「你說中文！」

丹尼由衷道：「我想了解妳的母語思考方式，我知道唯有透過語言才能達到。我已經學了三個月，我發現罵人的話往往最先學會；也最好用。」這段話太長太難，丹尼摻雜英文一起說的。

晨勉反以德語：「你說得對。」

雨夜深宵，抬頭往屋外望去，如見多年來那個幾乎被她遺忘的晨勉靜佇雨中；她面對丹尼，那個晨勉面對祖。背景同樣是海。她深深覺得抱歉，她把「那個晨勉」扯進她的生命。

晨勉此時沉重如身心麻痹，她真的聽見丹尼說中文？聽到他醉如自白的語言在她心底流過，她不在作夢，根本是在夢中。果然，丹尼日後矢口否認會說中文。她從此覺得丹尼暗中搜集她的想法與生活語言，譬如他們交談時他不斷要求她以中文再說一遍，他在印證什麼？

她在電話中拒絕他，她沉重的身體不斷提醒她做愛的提升，她打開廊燈，彷彿看見自己淋濕的身體，頂光直射她站的區域，將她與天連接起來，雨水由她頸背順著腿肚流到腳板，像一個影子緊貼地母胸懷。她看著自己那麼渴望重現和丹尼做愛的記憶。

她回想和丹尼之間做愛的經驗，如果她心裡快樂，身體就感受深刻，至少他們從來沒有做不下去的情況，她清楚記得每一次做愛的過程，丹尼總是說：「別急，什麼事都可以急，現在讓一切都慢下來。」

她從他的節奏體悟到他不在時，以另一個空間和他做愛的可能，她學會發現她對做愛的想像力。她對丹尼說錯了，她的性想像已經超過身體語言。她像一隻狗對著月影狂吠。她在的世界，閉上眼，丹尼也在那裡，他環抱住她，吻是輕的，舌尖卻是滾熱的，他喜歡有窗口的房間，他站在天色鋪成的光圈裡，如果有風，將他柔細的體毛向她張開、發著光；他們可以在任何地方做愛，他們沒有既定地方做愛的觀念。丹尼以手心輕撫她的背，順著背脊滑下，托住她。她說，我們躺平好不好？他說，這樣不好嗎？手臂已經支住她身子，跟著貼在床上，癡迷地問她：「可以嗎？」她從來不回答，沒有答案。

她曾說：「一個人一生做幾次愛是注定的。」

丹尼玩笑時會說：「手淫算不算？」溫柔的時候會說：「我們以時間取勝。」

他們做愛的過程是那麼完整，她完全能記得所有細節，真實的接觸或丹尼所形容的愛的手淫。

晨勉並不覺得這行為邪亂，她反而認為十分自由。她記得在峇里島，有次他們去看火山，火山底村落邊坐著露天溫泉，當晚他們住在村上，當地居民敬畏黑暗，晚間不太出門，她和丹尼趁黑跳進溫泉池，沒有燈光，沒有人，只有遠遠的人聲，溫泉不冷不熱，天無限寬廣，她漂仰在池裡，水的溫度就像一種擁抱，丹尼浮到她上方，彷彿那是一張水床，她清楚他對溫度的反應，隔著水，丹尼以身體輕輕觸摸她，非常困難的動作，他卻輕易地在水中褪掉她的泳衣，她的手要撥水用，只好閃躲身體：「丹尼，這是露天的。」

到處是暴露著性器的雕像，丹尼不說，她也知道當地人的器官崇拜；光著身，哪裡有水洗到哪裡。

丹尼說：「這張床好軟，妳也是。」他們靠著池邊借著天光沉默地注視對方身體，她可以感覺到那種力量撥開溫泉直接進入她體內。所有的光凝聚在丹尼身上，她膚色白皙，丹尼更白。

她說：「你會反光。」他繼續他做愛的行動。最自由的一次。她從來不覺得粗糙，丹尼完成做愛的心是無他的。只要有過程的愛都不邪亂。

她在不斷對做愛記憶的尋訪中睡熟，她甚至在那樣的情況裡達到高潮。原來性的啟發，不定是最深刻的一次性經驗，或者生命中最重要的人，有時候是無關緊要的一個人、一次事件。她相信自己未來還會碰到一些人，改變她對愛的想法。這些情感事件累積成為紀錄，推動她走向死亡那天。她終於明白，愛情並不是很特別的事物，一樣有狹窄性；有些人對情感有興趣得不得了，以為愛是所想像的那樣子。事實上，情感只是一種存在必需品，就像電話、床、年齡，每個人能擁有的不同，但本質就是那樣。

經由鍾婚禮開始一連串的發生，驅使晨勉思考離開香港的可能，她迅速提交歐洲市場觀察報告後遞交辭呈，她決定去新加坡。一個完全沒有歷史的國家，一個強人治理的家庭型態國家。所有她認識的新加坡人都喊悶，她相信悶極的環境才強烈渴望變化，她會碰到一些真正能體味寂寞是什麼的人物，那裡會有事情發生的。她不需要文化，她渴望的是能力。

晨勉因為工作關係，公司為她辦了身分，她的香港公民身分申請去新加坡工作十分有利，新加坡極需高級企業人才，香港面臨九七大限，新加坡開出優厚條件藉以吸引菁英。晨勉看準當地知識分子內心空虛如後設小說，有各種開放結局。傳統華人家庭倫理已經不足以支撐社會及人的行為，她計畫投資一座結合文化展示、心理諮商的治療中心。她不確定自己是否會再回香港，尤其小島是她認識丹尼的地方，她保留了島上的房子。情感上她肯定和丹尼的歷史。

她無法控制自己的，是每天想像丹尼的身體，他身體的語言還有他做愛的方式。她只有借由這條管道，和丹尼繼續彼此關係。他們應該是什麼樣子呢？那個晨勉會知道嗎？她問她的晨勉：「妳願意做一次長談嗎？」不是生命初衷與航道發生了問題，是她生活的方式。她終於確信站在這條臍帶之河兩岸，只有「她們」知道自己的命運。

4

是祖走後一個深夜，晨勉在急驟猛烈的心痛醒來，屋外模糊飄忽的雨線，陰幽巧緻，更似一卷山谷梵音。

晨勉清楚意識到，這痛不來自身體，倒像被一樁懸置的心理事件電擊。這屋子裡有什麼？馮嶧去大陸考察市場了，她近來的家居生活內容更形低宕；祖走後如斷線，晨安不再「教育」她。這樣的空白，是某種程度的懲罰。

伴隨重擊同時而來的，是一句句回聲般的詰問，意圖強力介入清理她的思路，脫離「三句預言」模式，內容為一長串的質問並且急於索求答案。那股強烈力量，令她無法主控自己的身體。她感覺有人正要離開遠赴某個特別的地方，卻利用她身體過境，再抽離。更強烈感應到的，是那聲音頻頻質問她與祖的關係：她要祖回來嗎？祖在哪裡？問她，為什麼要留在這個小島上，莫名的磁場引力，晨勉竟不由自主開始與自己交談：

「在這裡我不覺得孤獨，這兒有我要的一切。」她待定了這個島。

這段質問離開她後，身心浮現浸洗受禮的後效，類似祖離開她那時，她感知自己孤獨、疲憊但不迷惘。她的從不作夢，使得人生於她，是永遠單一狹窄的空間。這種生命類型，的確導引了她毫無熱情可言；祖對愛情強烈的需要，她相信，緣由他的夢太深。她無法理解如此抽象的事情該如何追求，她對情感強烈的感應完全來自做愛，但她絕不這樣宣誓：「我強烈的需要做愛。」她的身體不孤獨，她的精神就不孤獨。祖兩樣都要。

那離去的聲音以傳誦的方式浸洗她：「我原諒你，就是接受你的規則，我已經三十二歲了，不願意按照別人的規則行事。」是對祖說話嗎？還是她？無論如何彷彿道別。晨勉很感激聲音的告訴：「謝謝妳，我知道了。」

雨仍繼續下著，像受潮的炮竹炸開，偶爾也間斷悶響一、兩聲，如鞭笞刑求，鞭痕打在世俗，也落在人的身心。

晨勉想起和祖同去的小酒館，飲者夜晚的心靈道場。現在她無法獨自留在屋子裡。

晨勉到小酒館時，已過子夜，她在門外稍稍站了會兒順氣，推門進去走錯地方似的，生意十分冷清，完全沒有上回他們來時的喧囂。她落坐角落，要了祖喝的可樂娜墨西哥玉米啤酒。她是個全無酒興的人，因此在任何喝酒的場所，她在哪裡，哪裡就是角落。這會兒她自認卸下全身武裝，覺得舒適安全。她向來不認真思考自己的感染力。

陸續有人離開，也有人加入，坐在吧台的幾位顯然都是獨自前來，他們彼此舉杯，以英語問歇交談，晨勉聽出他們來自不同國家，不同旅行的理由，像一排雁棲在吧台；其中最沉默彷彿上批北飛留下的落單者，來自德國，金髮過肩紮成一束，個頭、年齡與祖接近，渾身散發寧靜溫和的氣質亦若祖，他們同樣屬於沒有心事但是有祕密的人。他成為一個目標，使她數度假裝若無其事以眼光掃描他，同時覺得自己真無聊。她從不摹想男人。她大可直接打量他。

少了祖，一切不同了。連孤獨都不那麼有價值。

晨勉於是認為這天深夜的思考該停止了。她決定在自己沒成為哲學家前離開，漫長的停留，她才喝了兩瓶啤酒。上回來，羅衣曾經十分訝異：「霍晨勉喝起酒來勇敢得不得了。」原來並非她沒酒興，是沒酒伴。祖離開，她的勇敢不再被勾引，原來，勇敢不是人的天性。

金髮男人已為她付了帳單，他的身體不動，但感應到晨勉的若有所思。晨勉不意外，祖也是這樣。她離座，他亦起身站在吧台來。

晨勉端疑在他面前，暗啞低沉道：「謝謝。」

多友能講幾句中文，聽力較好。跟他交談，語言變得多餘。這讓晨勉的身體感覺不安。

多友來台灣搜集他的博士論文資料，他研究亞洲地區島嶼民族文化行為。晨勉忍俊不住：「台灣搶付帳的文化，你顯然有研究。」

多友的國際青年中心德國室友胡亂為他取了中文名字，他們很迷信中國「友直、友諒、友多聞」那套。多友正在找房子搬出去單獨住，他發現台北這方面資訊異常缺乏。那位室友處處為家，他因此像借住別人家，共用一個房間，但是只看到家具，看不到人。彆扭的是那些家具彷彿會長大，而更刺眼。

他們一起從酒館離開。那一帶是台北知名的舊文化區，不少大陸來台的退休教授、舊文人在那區落腳。有些小酒館便衝著這氛圍選擇在此開業。晨勉往巷子走。果然，多友被巷內圍牆的歲月光影深深吸引，落寞者氣息在巷內流動，彷彿有機體呼吸系統。養分只供輸這一帶巷弄。

晨勉自己也從來不知道，一種世界級的光與暗就在這裡交融，形成文化色帶。

多友立刻就了悟，這種移植在島嶼文化主體內的特殊性，是他們所見過類型研究報告的新切入點。晨勉從多友對小眾文化政治的好奇，感知對方是一個不輕易感動的人，他的理性更重於祖，因此，打動他，等於打動他的情感，這點她不考慮。晨勉在前方帶路領他鑽出迷巷，她步調緩慢，意圖冷卻對多友突如其來的欲念。她永遠無法控制自己對生命本體的好奇。

多友並不打算就此回住處，但是他是個沒去處的人。於是他問晨勉：「妳知道哪裡有房子租？」

晨勉想到祖的屋子，她喜歡那房間，祖並沒有退租，多友可以暫住。她對自己的行徑不以為奇怪，多友則更理所當然。

也如晨勉所想像，她和多友並未作情感的深入，他們不需要進化，他們的肉體關係已足以維持到分手那刻。晨勉還學會了一件事，她和多友做愛時從不思考。

多友非常喜歡祖的住處，他的中國話口頭禪是「太好了！」他喝大量的德國啤酒，他不放心其他國家的產品。他和祖最不同的是他性格單執，那使他總是獨來獨往，認定一件事後，勇往直前。台北的年輕活力並不是最教他留戀的，晨勉在一次做愛後問他：「那麼什麼最教你眷戀？」

「妳！」對情感，多友似乎已經比他自己想像中更憂慮，這使晨勉不安。多友的單執性格，認真起來，會毀滅他。

「我們說好這件事非常簡單的。」

「太好了！」多友低聲說。

「你的研究進度如何？」晨勉轉移話題。

「完全停頓了。」

「為什麼？」

「我們什麼也沒有做，什麼也沒發生。我實在不能理解。」多友答非所問：「我發現這違背了我來這裡尋找民族文化的意義。」

晨勉明白錯不在她，也許開始時是——她看他看左了。晨勉起床全身裸露直立窗前，她一向喜歡看落映在玻璃窗的樹影，她曾經對祖說，那讓她有一種作夢的感覺。那就是為什麼她會在祖面前哭，在多友面前不會。她和多友在創造現實，那種東西永遠不可能打動她。她可以這樣光著身體站在多友面前，那是因為她的身體非常自由，不是因為愛。

她突然覺得不耐煩起來，她父親講得對，她沒有辦法享受複雜。她歎口氣坦陳直述：「你別忘了，你是來搜集論文資料，不是來尋根。」她喜歡一種單純，如肉體關係。

晨勉這才覺悟自己犯了大錯，她不該讓多友搬進祖的房間，重複祖在這屋內的每一項情節——做愛、音樂、閱讀。荒唐極了，這絕非出自她有意識能力下的安排，那「三句話」也自來自去。她這輩子的無力感完全是生命上的。

「多友，謝謝你這段日子陪伴我。」

「太好了！妳是在對我說再見？」

晨勉想起對祖說的話：「你離開的時候要告訴我。」那時候他們在做愛。這次，是真的。

晨勉點頭：「我很抱歉，我錯了。這整件事，我是為性，你是為什麼？」

她和多友的開始與結束都因為祖，混亂至極，她不知道什麼原因。她的每樁情感前置期越來越短，過程也越來越短。難道祖對她的意義真的非常特別？否則為什麼他們之間看不出結束的徵兆？

多友恢復了理性，也恢復了善意與誠實：「因為我渴望我們之間還有一些別的。今天早上，我在這屋子接到一通電話，祖打來的，他找妳，要我告訴妳，他一周後帶他母親一起回來。」

「很抱歉。這一定讓你很尷尬。」祖為什麼打電話給自己的號碼？

「處理情感的民族差異嗎？反而不會，它會使我的研究比較有深度。」多友微笑：「雖然妳是我唯一做過愛的東方女性。」

「你知道我不會為這種事感動的。」

「妳不需要感動，只需要接受讚美。」

他們重新回到初見的小酒館，多友喝他的德國啤酒，晨勉喝她的「可樂娜」。一次不帶感傷的離別竟更令人覺得難過。缺乏重量的情感，無法形成記憶；沒有記憶，便沒有感傷。他們的難過來自沒有愛情的可能。晨勉知道，她這一生比別人更容易碰到這類情感事件，她感覺皆因她不願意錯過任何能成真的情感，而濫交所至。

多友是誰？如果祖不問，她就不主動提起；多友在他房裡做什麼？祖會知道的，他不問，她就不答。

台北潮濕的冬季使這個城市失去了活力，多友帶著宿醉離開。她和多友交往期間，馮嶧由大陸回來過，他們聊起那裡的情況，馮嶧總是避開生活層面，一味鼓勵她去大陸拍攝製作節目賣給電視台，或者仲介邀請兩岸知名表演團體交流演出；他說中國市場大得不得了。他做建材，有十二億人口要住房子。馮嶧提起大陸的公關奇幻般手段，歎為觀止。最絕倒千人一面的是，每條打通關節的路都幾乎是騙局，他們因此白走了不少冤枉路，但是很過癮。

「越難克服的事，我們越有鬥志。」馮嶧相信他這代台灣人，終於要碰上一個大時代了。

馮嶧一回來便忙不迭地找人洽談投資及喝酒，晨勉和他單獨相處的時間少之又少，連吃飯都要先約好。她的作息相對馮嶧極大不便，馮嶧要依她的作息對時，她幾點出門、幾點回家應該有一個準則，偏偏她沒戲在手上時，表面是個準時上下班的公務員，其實不是，反而馮嶧整個人依生意線行動，她則太自由。

多友便不解：「我發現去過的地區，台灣的女人最自由了。在酒館、舞廳、咖啡館、餐廳，任何時間都可以看到她們；孩子小時可以交給父母、親戚帶，孩子大了可以單獨留他們在家裡；缺錢有各種管道借貸或上會；心情不好找朋友傾吐，甚至片面決定要不要生育，台灣的女人是最不需要溝通的女人。」他說：「簡直自由到完全不像結了婚。」

「我行為確實不像結了婚，但是我並沒有片面決定不生育。」晨勉的疑惑突然被勾起，她希望三十五歲才生孩子，但是她並不那麼嚴格執行計畫生育。

「妳沒有私自避孕嗎？」

「沒有。」

輪到多友疑惑：「妳不知道怎麼避孕？還是妳檢查過無法生育？」

「都沒有，但是奇怪的是，我從來不多想，也從來沒有人問過我這事。」

多友因太驚訝而大笑：「妳看你們這個民族生命的錯置，你們不斷探聽各種隱私引為當然，知道各種消息，對真正的大事反而漏掉，並放在最輕忽的位置上。」

多友離開的時候只留下一句話：「這段時間，如果發現懷孕，請求妳一定告訴我。」

她一向認為馮嶧值得信賴，因為他信任她，尤其他的複雜都在事業上。她想像，她這麼複雜的生活，馮嶧能接受嗎？她沒有辦法和馮嶧交談這事，她只要一開口，馮嶧就會知道她擔心什麼，商戰訓練，他太會察言觀色了。

她不相信會懷孕，但是她也只有等。她唯一可以交談的人是祖，他們的性關係算哪一種？為什麼祖從不置疑。

就在她快要等不下去，她估算祖該回來了。祖離開後失去音訊，唯一打了多友接到的那通電話，他為什麼打電話到原來住處呢？他希望他自己在那裡嗎？或者認定她在？他要通知她，大可打到辦公室。

她到小屋去等他，一切維持祖在時的原狀；窗外樹長高茂密了，路燈照映，樹影鋪在地板上，像地毯。直到深夜，電話突然響起，晨勉遲疑地拿起話筒，不會他取消行程了吧？

祖亦如以往感應到她的心事，他說：「我沒有取消行程。我現在人在醫院。」

「發生什麼了？」

「我安排母親回來看病，飛機抵達，醫院已經派好救護車來接。我帶她回來作心理治療，她居然同意了。」

「長途飛行沒有問題？」晨勉不知道為什麼變得小心翼翼。

「有。但是她一旦願意回來，心理徵狀可以控制。飛行途中她就像宿醉似的，身體虛弱，注意力渙散，完全沒有她一向的敏感和反應強烈。美國歲月真的就像一場宿醉。什麼時候醒還不知道。」

「我去看你好嗎？」

丹尼低聲反問：「可以嗎？」三句預言之一。

晨勉聽到自己的聲音，卻不像她的話，像來自另一個世界的回答：「丹尼，這是我們的島，我們可能見面唯一的地方，你不肯嗎？」她知道，他們的重逢將正式開始。

醫院在最北郊區，晨勉在南，她必須穿過整座城市，時值深夜，這城市並未完全沉睡，不因零星燈火而仍有呼吸；她去過更璀璨的城市，從未因燈火燃燒而感覺城市的心臟跳躍、面貌清楚。她喜歡這個島就因為這裡所有的事都不是那麼極端，有著自然平衡。不太好，也不太壞；有人夢，有人醒著；有人努力，有人消沉。雖然晨安抨擊他們是單細胞動物，但是就因為集體進化，創造了一個適合他們生活的環境，生活的命脈在哪裡她摸得到，人生不會扞格不入，像晨安還有祖的母親，他們隔離自己而不快樂。祖的母親甚至精神官能失調。

祖在醫院大門口等她，她遠望見他，向他駛去，他的身體像座磁場，正感應她的引力。晨勉不明白他們的重逢為什麼如此缺乏期盼的喜悅，只是等待的過程。而且，她車不偏不倚停在他身邊，一步不差。

祖上了晨勉的車，他更白了，因為光線的關係，整張臉面看起來是藍綠色：「妳在等我時喝了紅酒？妳想念我嗎？」

晨勉微笑，雙手放在方向盤上，眼睛注視前方：「你永遠知道我做過什麼。」他們坐著，祖仍比她高得多，車頂太矮、車距太短，一切都過分侷促。

祖凝視她：「妳對我失望嗎？在性關係上我不再那麼需要妳？」

晨勉閉上雙眼，聞到祖的氣息，嗅不到自己身上的酒味。她不要永遠持續的愛情，那只有瘋子才辦得到；她突然明白祖在羞辱她，懲罰她和多友做的。那種感覺使他們所在的地方更暗。

晨勉兀自流淚，她說過，關於他們之間，她這輩子從來沒有過那麼多淚水。以前，這車子裡最可能發生的事是做愛。她根本不需要他，是身體需要他，他很清楚。她淡漠回應：「你的時差過去了嗎？」他可以痛罵她、離開她，不應該只用性來羞辱她。

「妳曾經夢到我嗎？」

「我說過我從不作夢。」

祖將前座擺平，他由上端俯視晨勉：「妳說過做愛的感覺最接近真實。」

晨勉知道他要說什麼了。事實如此，他可以用作夢代替做愛，她不能；所以他不在的時候，她和像他的人做愛。

晨勉直起身子：「很抱歉，我不能在夢中證明我的能力。」

祖大聲咒罵：「妳為什麼不能控制妳自己？」

晨勉被指責而堅強：「你在遇見我時，我就已經是這樣子；如果我曾經勾引你，我道歉！丹尼，我沒有辦法控制我自己，身體或行為、心靈。你應當知道這對我也困惑迷惘。」這段話，晨勉以往從未說過，深藏潛意識裡，她很不願意用中文表達；那和她中文思考路線無法共存。晨勉用英文敘述，如背別人寫的台詞。

晨勉以他者轉述語調說：「你要你這個人生嗎？」聲音失去彈性：「你也知道這是我的三句預言之一，我終於明白，我不能不要我這個人生；有人支配我開始就開始、結束就結束，怪不得我比別人更直接經歷情感，更容易碰到事件。一直到你出現，丹尼，是你使真相浮現；所以，你的任務已經完成了，請你不要再折磨我。」

晨勉將座位扳正，嚴肅地注視祖：「好好照顧你母親；你會繼續發現天堂。當你下次碰見女人，你識別她是不是魔鬼的方法，試驗她會不會拒絕你的愛。祖，我不是魔鬼，我不可能拒絕愛。我頂多是幽靈，很容易疲倦的幽靈，她不能陪你了。對不起！」她讓丹尼下車。

晨勉回家路上，晨光通向她緩緩後退；白晝來臨，燈火熄滅，整座城市比她想像更黑暗。真相隨她的心情轉變浮現。她父親說得對，她應該改變一下生活，她現在的生活使她腐敗。她決定辭掉劇院舞台監督工作，去大陸試試馮嶧建議的表演媒介。仔細分析，她的生活就像一塊抹布，老用來擦同張桌面；抹布髒腐，桌面也不乾淨。

晨勉很快遞出辭呈，並且撥電話給晨安，告訴他祖回到台北的訊息。晨安口氣仍十分冷漠，她非常清楚，因為晨安不需要她；晨安自己過得自在，安身立命一切不成問題。他們之間若有轇轕，起因肯定是祖。晨安的情感觀向來古怪難捉摸。她沒說和祖種種發生，她只是把晨安的祖交還給晨安。很奇怪，她這個晨安弟弟，從小就像她的良心，時不時冒出鞭笞她。但是她卻從來沒有恨過他。

晨安問起祖母親的治療計畫，晨勉說：「我不清楚，應該沒有問題吧？」

「妳在哪裡？」

「家裡。我辭職了，準備和馮嶧一起去大陸。」

「拍拍衣袖，不告而別？」晨安語氣充滿挑釁。

晨勉放棄跟他拌嘴，他們已經爭吵了一輩子，實在夠了。她說：「我沒有不告而別，他跟你一樣不需要我。晨安，如果你關心他，為什麼不去看他？」

「單細胞動物！」晨安蔑視她的程度已經到達病態。

「是啊！我很樂見你們繁殖成功比較高級的多細胞動物；不過最好先培養多一點勇氣！晨安，你們這種人最讓人看不起的，就是你們沒有勇氣。」晨勉臨門一腳激勵晨安。

沒有勇氣面對自己的感情，沒有勇氣承擔。他們神祕地穿梭隱藏人群中，他們知道關於自己的一切真相，就是沒有勇氣出櫃。所謂一種同性戀情史，是所有情感進化最慢的。

「我說完這次就不再說了。如果你傾慕祖，你就去進行，是不是雙向交流，一點都不必考慮，至少對你是發生過了！晨安，渾噩如我，尚且不願意什麼事都沒有發生就讓人生過去；你這點事又算什麼呢？」

是晨安掛了電話，但並非斷然掛上。他無聲沉默了一會兒，才輕輕放下話筒。

她擊中晨安最頑強或最脆弱的地方？晨勉不知道。有一天，她會知道。

離開祖的身體，使她身體變得堅強；晨安或許應該試試不要那麼容易滿足自己的心智，像豢養一隻怪獸。其實她知道，她和祖的事不會那麼容易結束，依照經驗，要結束，祖回美國以後就該結束了，祖曾經說他最怕難纏的事；他們之間恐怕就是糾纏。

她的身體沒有任何變化，她沒有懷上多友的孩子。她很想去看醫生，檢查她的生育機能，但是馮嶧一口就否定了：「該你的就會有；不該你的，檢查也沒用。」那麼，她是不會有孩子了？和馮嶧沒有，和祖沒有，和羅衣沒有，和多友沒有。這些男人都不能改變她的命運。馮嶧恐怕說對了。

晨安再打電話來是轉達祖想見她。晨安去過醫院了，祖母親的病情並不單純。祖希望晨勉去醫院。他母親似乎需要女性的了解；女人才懂女人。

這與他們的情感無關，晨勉願意去安慰一位女性。她同時注意到快過年了，恐怕祖和他母親將在醫院過年。祖這輩子哪裡都沒去過，真慘。她和祖從來沒在其他現實以外的地方見面。也許祖說對了，他們應該到另一個小島走走。

晨勉帶了幾本書，一包淡菸和紅酒，書是給祖的，淡菸和酒是給祖的母親；戲劇性格的人喜歡助興。必要時，她或者也需要一口菸或酒。

祖在會客室等她，晨勉先打過電話；保持禮貌，就是保持距離。祖理了個小平頭，他說醫院裡理髮很方便，他從來沒在外面理過髮，小時候母親剪，大了自己剪。他雙手抱在胸前，一種認錯的內縮；臉色黯然，白天室內的光線閃爍極不穩定。晨勉在那一刻意識到，祖比自己小六歲，是他在承擔他們年齡上的差距；他不提，她不應該忽略這層。

冬天的陽光由窗玻璃鋪進會客室，典型的身心科療養病房氣氛，晨勉努力克制不去這麼想。一大早，沒其他訪客。她將齊耳短髮全攏往腦後，露出整張臉。沒有香水、耳環、項鍊，甚至沒有紅酒多酚及人體性賀爾蒙的味道。

祖接過書：「妳今天特別漂亮。」他已經不習慣直視她說話。

「你會需要。」

祖眼眶潮濕：「晨勉，我很抱歉……。」

「沒關係，我們以後遵照你的規則走棋，除了感情以外的事都聽你的。」

祖更形沉默。他們共坐在跳躍不穩定光照裡，祖的母親正在做心理諮商。這樣的光線，讓他們同時想起祖的房子。晨勉曾經說過那是做愛最好的空間，光亮、潔淨、坦放，是間性套房，功能單一。功能單一的地方最適合人活動；像旅館、餐廳、花園，祖的房間是性。

晨勉還為祖帶來一件東西，他的戒指。她等待他那晚在床底找到的，祖一直在找它，他們在一起的時候總是沒心思找。她那天晚上沒事做，專心找，一會兒就看到了。

祖戴回食指，戒口比以前鬆，他瘦了，這戒指戴起來不像他的。不像他頭一回戴時剛剛好。

晨勉從襯衫底抽出一根線，借天光為祖纏綁戒指，如一切無芥蒂。她一向喜歡明亮——陽光、燈火、燦爛的笑容。初遇見祖，最先看到他臉龐潔淨的光。如果愛情有原鄉，光就是。

「晨勉，一個人一生注定做多少次愛？」他曾經問她。

她記得當時正在光的高原上無法自持，只本能反應道：「四百次吧！根據醫學研究，平均一個女人一生排四百個卵。」

他們當然還沒做完。

晨勉為祖戴回戒指時，祖說：「依照習俗，我這時可以許一個願。」他轉頭望著窗外浮游空間：「霍晨勉，妳能夠在生日前陪我做個愛嗎？妳不再跟別人做好嗎？」兩項結合成一個願望，關於前者，不是一次，是「個」，「個」包括許多次，祖年三十晚出生，除夕當天不可能，所以他說生日前，很好的理由，她可以答應；關於後者，不是願望，是哀求，相等於要承諾。晨安一逕無答案，她不知道自己做得到做不到。

冬陽蒸騰，滿室生煙如燭火，使他們在的地方成為聖壇，他們的前世和今生在此燃燒為祖宣誓，將陪伴他同進退，除了做愛，晨勉也不曉得如何打破他們之間的戒律；尤其是祖不能更沉默了，她懷疑晨安已做了表白。晨安在情感上的懦弱使他不像他；她的情感卻使她更像她。

晨勉現在可以擺脫「三句預言」的約束了，這件事本身已經打破戒律，使他們關係重生；她將主導他們的感情。

晨勉：「我現在不喜歡身體活動了。」她微笑看他：「我們需要約定個時間點嗎？」上帝說有光便有光。〈創世紀〉開篇如此記載。她結合兩個答案成一句。

熱能進入祖身體，如氧，隨血液循環使祖成為光體。

祖來不及訂時間，特別看護送回祖的母親，醫生希望見他；晨勉看著祖迅速抽身無奈地離開，如果是她，她將先進行哪一件事？先訂做愛及不和別人做愛時刻表？還是先找醫生？她這一生的愛情是一樁樁順序發生，如事先經過安排。不像祖。

晨勉很少到醫院，她甚至對生老病死沒有概念。祖離開前，倉促間要她等一會兒。在沒有概念的地方，時間感知失去依準；晨勉注意到，穿著白色工作服的醫護人員使環境像實驗室。整幢大樓朝東，太陽繼續升高，光線移動，但時間並沒有過去。傷心、思念都不會讓她痛苦，失去時間的感覺，讓她非常痛苦。她必須離開只有她一個人在的地方。

就在這時，特別看護在門口出現：「妳是霍小姐嗎？汪太太想見妳。」祖的繼父姓汪。

晨勉原來以為特別看護應該是女性，不料是男人。祖曾說過，他母親一生扮演女性角色，她要她周圍全部是男人。

晨勉一直以為祖的母親是精神官能症，她進入病房後知道並不止。那是一間設備完整，包括有急救功能的套房。

祖的母親並未躺在床上，也沒有穿著病袍。祖的母親站在窗前往外眺望，從她的側面神情，你會知道她並未認真在看；她穿了件銀灰色純羊毛套裝，看起來像六〇年代美國女星，膚色瓷白亦如白種人，梳了大波浪長髮，女性味十足的一位母親，很少見。這身影直接由晨勉看過祖工作室那張相片中走出來。

時間的無情在她身上不存在。

依晨勉所受戲劇人物觀察訓練，祖的母親不僅抽菸，而且酗酒。不知道她如何保持細緻的皮膚。

果然，祖的母親轉過臉後，直接挑問：「妳有菸嗎？」她肯定被嚴禁抽菸。如果她只是心理疾病，晨勉認為反而應該順著她習慣；如果是其他理由，一支菸並不會造成立刻的生命危險。然而心理病會。假設她不快樂，健康不健康根本不在她眼中；當然晨勉知道這派說法有人持完全相反的論調。

晨勉遞上菸，祖的母親一見是淡菸，皺了皺眉頭，表示她就算菸癮發作而湊合的情況下，仍然知道什麼叫講究。並且精準表演她的敏銳度。

晨勉正待開口問好，祖的母親打斷她：「叫我Jean就好。」

Jean支開特別看護，祖說得不錯，他母親這一生都在演戲、製造戲劇性，但是她今天遇見一位戲劇專業，而且同是女人，晨勉輕易辨識出她表演真偽的成分。祖的母親一定也清楚晨勉知道這點，但晨勉又不確定了，如果Jean知道，就不是精神病了。也許Jean只是有著迴異常人的專擅控制；也許，Jean表演的角色就是一個瘋子。史坦尼斯拉夫斯基現實主義流派，不是模仿形象，是成為形象。

Jean讓晨勉坐下，然後說：「妳一定也帶酒來了？別緊張，我只是要見妳、聊聊，印證一些事。」

晨勉認為Jean根本不要交談，是要敘述故事。晨勉心想：「我準備好了，請說吧！」

晨勉一直到後來，都不明白祖何以這段關鍵時刻正好離開。病房設備稱得上豪華，除非病人要死了，否則這不像長久之計。加上那些急救裝置，不是絕症是什麼？

「妳知道嗎？我快要死了。」Jean說：「我死也不要死在這裡，但是丹尼說這地方對他意義不同，他有一種輪迴的感覺。他央求我回到這裡。」

晨勉未置一詞，她明白，不到她開口時候。

「妳失眠嗎？」Jean問。

「不會。」晨勉回答。

「我失眠，我就是沒有辦法睡。從我帶丹尼兩兄弟去美國那天開始我失眠了。我整晚聽到有人問話，電話響、敲門聲，我大量掉髮，頭痛，然後床變得非常擁擠，仄促得裝不下我，我的身體無法有任何約束，全身骨架痠痛，注意力非常狹窄，精神卻很渙散。我起先不停的作夢，大量與現實脫節的夢，形成一種想像力；我失眠五年後，我每晚的夢更像真實，甚至我可以控制它，夢裡發生的事我早上起床以為都發生過了。我夢到祖在台灣交了一個女朋友，比他大六歲、有夫之婦、性能力很強，但是這女人最後要了祖的命。」Jean平靜地抽了一口菸。

晨勉終於明白，根本沒什麼絕症及婚姻的不幸，這也是一種病，由祖的母親全力操縱。為什麼喜歡演戲，來自強烈控制的欲望。

「妳一定警告了祖。而且成功了。」晨勉再淡定不過。

「我這輩子生命裡只有兩個男人。祖和他弟弟。妳當過母親嗎？親手帶大他們的感覺真好；但是，妳獨自帶大他們的過程是焦慮、不安、憤恨！只有妳和孩子相依為命，不知道終點在哪裡，不知道明天什麼時候來？那是什麼樣的人生？」

晨勉突然想笑，她記得戲劇課程裡修過莎翁名著，當時覺得最難的是背誦莎劇台詞，句句珠璣、閃爍智慧。祖的母親是天生的莎劇演員。

晨勉旁觀Jean又猛抽了口菸，心想：「騙誰？我沒帶過孩子，但是我演過戲。天下有價值的劇本就那幾本，天下的孩子至少二十億，大量繁殖的價值何在？就在那二十億分之一，是妳的孩子。他們的存在就為了滿足妳的占有欲、繁殖欲！」

晨勉的表情一定洩露了想法。Jean以冷硬的語氣問：「妳不認可嗎？那是因為妳沒有親身獨自帶大孩子！」

就算她有孩子，那也不在Jean「獨自」的經驗裡，獨自是被放逐、單親。這套說法太綿密了，自成系統。

晨勉微笑：「我的想法不代表什麼。」Jean跟她沒有直屬關係，她不必急著惹怒一個憤怒的女人，她倆沒有發展憤怒的空間。晨勉有她想知道的事：「祖一定了解這些，他一定聽妳的！」

Jean始終站得挺直：「他們知道不聽的後果。」她直視晨勉半晌，以咬字均勻清晰的語調說：「我會離開他們！」

「妳離開過嗎？」

「很多次！」

晨勉不禁全身發冷，她明白祖的母親所說「離開」的意思，是自殺，當著他們兄弟面前傷害自己，並不真的死，永劫回歸。孩子小，不懂得死亡，但是知道離開。祖和他弟弟當年一定恐懼極了。

怪不得祖迴異常人對身體敏感；他對身體的存在、消失太有經驗了。多殘忍的母親，這樣長期恐嚇自己的孩子。

晨勉切換話題：「妳現在睡得好嗎？」

「醫生說我這輩子失眠是不可能痊癒的，如果我一直那麼擔心。我現在失眠已經進入高峰，我的頭頂輕輕一按就劇痛，頭殼皮質變軟了，我相信一定跟我的更年期有關。我貧血、缺鈣、頭暈、盜汗，毛病多了。為什麼做女人那麼倒楣？」

自己的母親有過更年期症候？晨勉不知道，Jean反覆無常痛聲咒罵：「為什麼不真的死掉！死了不就好了嗎？」

一場心理攻防戰，祖是獎品。晨勉可以放棄獎品，Jean要，所以Jean輕易不會亮底牌，她有她主打的籌碼。晨勉當然知道是什麼——母子天性。但連這一點，晨勉也不放在眼裡。晨勉如果是Jean的女兒，連Jean以死要挾她都不怕。

晨勉之願意跟Jean談下去，因為她想知道真相。

「妳肯定知道祖的父親在哪裡。」晨勉緩慢說道，她確定Jean除了祖兄弟倆，不需要其他男人安慰哄騙，包括祖的父親。

果然，Jean很平靜：「為什麼？」

「一來是妳的控制欲，一來是妳若不知道人在哪裡，妳如何逃避？」說得更準確，是怎麼自憐。

「他早就死了！」Jean將菸捺熄：「他的成就全被摧毀了，一切歸零，尤其那個年代，男人被拋棄、背叛，不自殺了斷，活著將更痛苦。」

與其說被放逐，不如說反放逐了祖的父親，並且除名。但是祖的母親卻長期製造煙幕，搬家、換電話，切斷一切訊息。她用祖的父親還活著作為情感上要脅祖兄弟的籌碼，誘發他們生出希望——好好活下去，終有一天會看到爸爸。真是一位專業病人，宛如特異功能。不能看待她僅是一位母親。

晨勉感覺軟弱，晨安、多友、避不避孕、同性戀……都不能打倒她的問題，Jean做到了。晨勉聲音空洞：「妳為什麼這麼做？」

「我非得如此。我意識到自己一天天老去，不再吸引男人。我真不甘心這一生什麼都沒得到就結束了，我是女人，我有我不同於別人的需要；為了這倆兄弟，我被出賣、隔離，妳知道嗎？我到現在最想做的事是跟男人上床！擁有身心溝通的完整感，祖的父親、繼父全部沒有這種能力。但是我還有兒子，他們有這個能力！」

晨勉發誓現在就能找個男人跟Jean上床，但是她覺得悲哀，Jean說的男人就是祖兄弟倆。Jean病得很深很重了。祖錯了，他不該帶他母親回來醫病，醫好了，她又將精神奕奕重新折磨他們。他應該讓她直接死去。她不是病人，她是有病的惡魔，她主宰並欣賞自己的創作。

晨勉倒了兩杯酒，一杯敬祖的母親：「祝妳早日找到男人！」強調道：「真的，我是由衷的。」

晨勉仰頭乾盡，留下大半瓶酒快步衝出病房，祖正迎面而來，晨勉無視他執意往外走，祖追隨她到會客室，晨勉無聲淚流不止，她以身體、全心全哀求祖：「我們現在就去做愛好嗎？」她想，你聞得到我的紅酒味嗎？

祖握緊晨勉手心轉身往大樓外，一路無言透明般穿越整座市區，如無記憶，無過去，無包袱。他的神情，比人生初啟更鄭重無邪。他讓晨勉明白，無論她經歷什麼，她並沒有失去他，她將獲得他全部。然而祖對母親完備全套的照顧，晨勉知道，那張接近滿分的成績單是祖做了許多功課達到的，他不可能放棄母親。她無言以對。這個瘋子，毀掉丈夫、家庭、青春、生活、自己，還要算計兒子的！難道沒有一點良心嗎？晨安說得對，這些單細胞動物性。

「祖，你這樣一味付出是沒有價值的！」晨勉滿眼是淚，內心無底的悲哀。

車子停在祖住處樓下，祖不喜歡旅館，他們因此沒有機會到旅館做愛；雖然晨勉喜歡，她喜歡單一功能的空間，旅館、餐廳、酒店……。在單一功能的空間做愛使她專注。祖的住處簡單，對集中注意力足以起作用。她不知道為什麼每進入祖的房間就不由自主重複這套想法，是激發出他們之間唯一的聯繫感？祖一旦進入房間立刻就回到他們建立的記憶軌道。

「你還會做嗎？」晨勉問。

「我不知道。是妳教會我的，我們怎麼開始？」

晨勉將窗簾拉開。室外光層次分明，遠方最暗，貼近窗戶則是一大片歡愉的陽光。

「人的身體活動像植物也有趨光性；睡覺才需要拉上窗簾。」晨勉無化妝及飾物的臉龐潔淨如另一具裸體；褐色瞳孔吸飽了光，產生靜電，她所接觸的一切溫暖並活躍起來。

他們似頭一次擁抱、輕輕撫摸瓷器身體那樣小心；但是他們生命深處發出回聲：用力愛他，照自己的意志去做。這聲音震得他們不由擁抱更緊，以更大的內功拭擦生命。

在做愛的過程裡，沒有比尋找做愛的記憶更值得探險，晨勉記得每一次和祖做愛的細節，但每一次她都感覺如第一次和祖做，甚至是這身體的第一次。她當然知道原因，因為他們身體碰在一起，所創造的思考及語言，是她與所有另外身體交合無法被解讀的，如一種消失的文化。

晨勉甚至覺得自己沒有血液、心臟，一切都停止了，只有皮膚在呼吸，感受空間、氣味、聲音、冷熱、思念，細微如光纖，承載量卻如此巨大，彼此的一生。進入對方的血管，探勘地形，如是敏銳。

祖的聲音聽起來亦像第一次嘗試。

「妳準備好了嗎？」

「去哪裡？」

「妳告訴我。晨勉，跟我一起去好嗎？」

「你知道我無法拒絕你的！」晨勉說不出話，語言能力似乎離開了她，有一道聲音進入她身體：「祖，你在哪裡？」

「晨勉，妳的身體為什麼好冷？」祖整個包覆她。

「別管我的身體。祖，你在哪裡？」

晨勉覺得極度衰弱，好想哭。祖的溫柔，使她愈加無力。她現在自己一個人哪裡也去不成，要尋找熱源，他們必須一起。幸好他們終於重逢了。晨勉彷彿看見日出。

霞光爬高貼在窗口打招呼，太陽露出了整張臉，暫時是溫和恬靜的。悠忽光影沾附她睫毛上，晨勉睜開雙眼：「天亮了嗎？」

「晨勉，妳知道，跟妳做愛最讓我著迷的是妳專心投注又有想像力，如一人雌雄同體，吸引男人也吸引女人。」

晨勉也忍不住笑了，是啊！做愛使她完全失去了時間感。有時候好長一段時間像一會兒；有時候幾秒鐘像一輩子。

還是上午，陽光升高由千萬片葉脈灑下，營造日出效果。其實冬季早晨的陽光往往有種黃昏的況味，慵懶。然而祖住處的樹枝改變了光的生氣。

「改變了我的性史。」晨勉說。

祖深深歎口氣：「晨勉，我媽對妳說了什麼？」

「一個改變不了的人。」晨勉不會對祖透露任何事的，太傷。她說：「重複吧！重複訴說她和你們的過去。祖，你打算怎麼做？」

「積極做全身健康檢查及心理治療。她早該開始心理治療的，現在要找病源有點遲了。」祖比起醫院自在多了：「妳聽她講話，覺得她問題在哪裡？」

晨勉無言地吶喊：「她瘋了，你難道不知道嗎？」祖異於常人的感應力在他母親身上完全失靈。

晨勉振作道：「我記得你說過她喜歡表演。你需不需讓她知道你明白她喜歡表演這點？」

「那會不會使她的世界瞬間垮掉？這不是等於揭穿她？」

「真相有什麼不好？」晨勉低聲自言自語。

人生畢竟不是科學實驗，晨勉和祖都明白。晨勉一生如夢；而祖的母親一生根本就是夢。晨勉想，如果冥冥中有一個不明的力量在控制她這一生；那麼祖的母親則有著可以控制自己夢的力量。

「妳長得有點像我母親，以前我不太確定；現在妳看到她人了，像不像？」

「這是被我吸引最大的原因嗎？」晨勉發誓這一生無論如何不再跟祖嘔氣，他太不幸了，她必須對他好。

「也許吧。不過女人不會承認自己像別的女人的。」晨勉站立床邊俯瞰祖，那真像一座沒有被汙染的島，剛剛新生，尚未被發現。不像她，她父親口中的「觀光島嶼」，世紀前就完成島的生命。她有想像，但是沒有未來。

人生的每次發生，每個階段都讓她覺得悲哀——它們永遠不會再來了。這是她毫無理由的樂觀、極度放任、追求當下歡愉的背景心理嗎？

「你們預定待多久？你要找你父親嗎？」

祖對裸露身體顯然仍不自在，這也是他像一座年輕島嶼的原因之一。他起身緊貼晨勉，好讓她看不見他。

「我母親知道我想，但是我暫時不能提這件事。她會強烈認為我想回到父親身邊。她的反應我不敢想像。」祖苦笑：「我不知道沒有妳，獨自在這情況裡能支撐多久。」

晨勉等於親眼目睹祖由國外被他母親拘提到更小的監牢裡，這是他母親願意回來住院的理由嗎？更小的空間等於更嚴密的禁閉。

晨勉歎氣：「你該回去了，你母親一定在急著找你。」

「妳怎麼知道？」

晨勉又歎口氣：「你不是說我像她嗎？我像她一樣需要你。別對她說我們在一起。」

祖非常眷戀他現在所在的時空，那使他變得脆弱：「晨勉，跟我在一起以後妳變得愛歎氣了。妳以前什麼事都不在乎。」

「是啊！我以前什麼心事都沒。快走吧！」晨勉拉攏窗簾。

「每次都趕我。妳從來不留我。」祖邊說邊拉開窗簾。

晨勉不解地回視他，啞然失笑他的難得撒嬌：「別鬧了。再鬧天真的亮了。」她恨不得以更潛在的光引誘他。

祖鎮定擁抱晨勉：「真不過癮。對不對？」一具飽滿的身體，死亡也無法消化它，除了愛。

載祖回醫院路上，晨勉告訴祖她辭掉工作意圖改變生活的事。

祖有些落寞，但是仍打起精神說：「妳早該這麼做了。我真希望跟妳一道去大陸。」二度離別是一件多麼困難的事。

「我跟馮嶧一起去。」向情人提到自己的婚姻或丈夫，對大多數女人困難，晨勉不會，是事實就不困難。

「我一直以為妳很自由。」

是啊！多友也這麼說。她總不至於自由到不承認法律；婚姻尚且另外還自有世俗規範。

「妳走前我們再聚好嗎？」

他們約定一周後在祖的住處見，晨勉不願意再打電話聯絡，她相信祖的母親忌諱極了她。長鏡頭似祖的身影沒入病房大門、消失在黑暗深處，那道內框陰影代表了一個符號——祖的監牢。

到他們約定那天，祖沒有出現。切斷訊號，象徵切斷關係。晨勉很確定，祖的母親正以臨死的姿勢威脅祖發誓不再見她。一位母親卻要斬除兒子的後路。祖的母親贏了，晨勉祈禱她滿足於贏的滋味，別再鬥爭自己的兒子。

晨勉可以放棄祖。窗外樹影，自在完整地活在光裡，是這個城市最美麗的主觀風景，因為它曾經與祖的視覺交織形成動線。她可以放棄這房間，她和祖的情感動線已經完成。

她離開的時候，格外平靜。拉攏窗簾，留下鑰匙，帶上房門。

三天後，晨勉和馮嶧先抵香港停留一周再繼續飛大陸。馮嶧在香港將洽談幾所聯合建材集團的代理權，他得全力應對。晨勉被安排去藝術中心看了兩晚表演。一場是當地劇團演出莎翁名劇《馬克白》，高薪聘請旅美藝術總監回來指導，不看座上東方臉孔居多觀眾，會以為坐在紐約林肯中心；一場是紹興戲《紅樓夢》，大陸演員，唱作皆誇張。兩場表演，都給晨勉一種虛矯的感覺，劇中的模擬人生成分，在現實裡是根本不存在的，教她怎麼相信呢？馮嶧對香港遲鈍無感，他不是聊天交談對象，況且他的代理權處於膠著不明狀態。

晨勉調移看戲的視線，反而周邊某些氣息、面孔，引起興趣，怎麼覺得似曾相識。她真的要苦捱在封閉空間裡嗎？她真的無處可去嗎？

港人有著優於其他華族的流行時尚感，飯店櫃檯推介：「到處都可以買東西！這裡有全世界的名牌。還有，去享受美食！香港領導流行囉！」

晨勉曾經飛過歐洲一國國逛遍回到台灣，難道會受困華洋並處的香港？她向飯店索取了一份觀光手冊，然後留了字條給馮嶧——我去離島走走，當天往返。晨勉堅持不講英文，好體會同一語境衍生的陌生感，她又不會廣東話，所以她是一路以華語終於問到搭乘離島渡輪的碼頭。

冬天的水道視界窄短，渡輪出碼頭後天色迅速轉暗，船上乘客不多，大部分像外國旅客。看光景，冬天不是離島旅遊最好季節。明明一件很簡單的事，為什麼在她身上變得這麼困難，還是生活本身就這麼困難？愛情對她就不會。晨勉站在船尾甲板，飽滿水氣附著東北風形成大片霧海，阻隔了香港本島；遠遠看去，那些摩天巨樓像種在海中。晨勉環視四周，一種莫名恐懼心理陡然升高——為什麼她會在這裡？為什麼鄰近島嶼讓她害怕？她並沒有陌生的感覺，相反，她對這一切覺得熟悉。

船上有人閉眼假寐，艙內座位躺著當天被閱讀遺留的報紙，這畫面哪裡見過？晨勉上前翻開報頭——十二月二十三日。完全符合飯店大廳日曆鐘面日期；為什麼她有一種時間悠忽之感？晨勉想起來了，她在同一天到達慕尼黑，那城市的寒冷，令人渴望立刻離開，但是她留下來了，為了一個紀念品，一只內環鐫刻Danne的戒指。原來是戒指事件使她恍惚。那戒指還在嗎？「祖，你還好嗎？」他們對時間毫無半點能力。

聽見甲板傳來喧雜人聲，晨勉知道小島到了。她很自然的知道一些事，不是預感。碼頭附近掛滿了小燭光燈泡，燈光亮度所及受限，區隔為一塊明一塊暗，使小島更小。出了港口，她很自然左轉向前直走。

晨勉已經有許多年沒好好徒步走路，旅遊手冊特別推薦徒步環島，領略小島寧靜漁村風味，「那就走吧！」為什麼到了香港，她開始自言自言。為什麼？她又自問一句：「為什麼妳踏上這個島像面對自己的記憶？」她對這點並不驚訝。她曾經到過一些地方使她似曾相識，像慕尼黑。她驚訝的是，這次，記憶如此貼身打造。如同她從這裡出走的。

由島的背後可以遠眺香港本島，飽滿水分子讓出發的那個島的燈海失去焦距，令她頭暈；她從來不習慣望得那麼遠。海水浪聲推動一波波巨大的沉默，朝向她的生命。

晨勉轉身循原路走回碼頭，那裡聚集大量商家及露天餐廳，還輯推論，想必比夏天生意黯淡得多。水族箱生猛蹦跳的魚、蝦、蚌蛤海產，她佇立那裡，不斷覺得湧來一波波人潮般的熱浪與鳴動干擾她。然而四周是冷清的。天際開始落雨，雨勢忽大忽小，碼頭上聚集了大批人，她問商家馬上有船要開嗎？櫃檯前一個男人頭也不抬：「回不去囉！吹六號風球囉！」旅遊手冊上也注明六號風球海上一切船隻停開。

晨勉回想那年到慕尼黑碰上大雪，她獨身在雪天住了五天。這回，她又將因為颱風在小島停留。慕尼黑及現在這個小島都使她有種熟悉感。石板街道每有行人急步跑過，立刻有掛腰包滿嘴粵語男女，上前大聲招攬生意：「要住房嗎？算便宜給你！」若不理，便吼：「回頭一間也沒有了！」

晨勉住進坐落小島海邊唯一觀光飯店，她要了面對島內而非面海的房間。拉開窗簾，才發現，原來島上內部也有不少住家，與沿海觀光街市完全隔離開來。港九本島摩天大樓及巨量人潮使那裡彷彿不是島；這裡，才有島的生活縮影。

客房服務點了海鮮及可樂娜啤酒，孤坐窗前獨飲，飯店依傍岸邊，島太小，等於建在海邊沙灘山腳，不遠處，便有別墅住家群聚，出口是坡道轉角，坡道陡直下去便是海灣。坡道頂端住家留了兩盞門燈，晨勉所在較高，視線穿越庭院往裡延伸，先遇上一道門廊，廊簷有燈，再推前，屋內每個房間都燃亮了燈，但顯然人口單薄；甚至窗口半天沒有一個人影。燈火透亮，也許反映了一個人的獨住心理吧？島上通訊整個斷線，馮嶧並不知道她被迫留在離島。風雨比晨勉想像來得急大。狂雨傾盆如天在倒水。

長時間面對雨幕後坡道頂端一扇扇開口向她的窗戶暈黃燈光，晨勉飲啤酒，恍神識見風雨正集中力量，對這個小島和她起催化作用，晨勉望見窗玻璃有人回視她，如鏡像自照，微笑舉杯與她對飲。晨勉全身點穴般無法動彈，如面對流動的記憶，如渴望難以言喻的愛，使她無法自已。

四天後，她將離開港島轉赴中國冒險，光這目的，足令她覺得索然卻步。她從來不知道如何與大的土地相處，那份不確定性，在在教人不安。意外的風雨，點醒她，是她引領自己到這個小島上，與自己獨處。

晨勉舉杯向坡頂燈光處：「敬你！」玻璃倒影，如告別，酒精催化，她甚至望見自己從這個島離去的背影。

就在小島上，晨勉作了生平唯一的夢。她夢見自己與祖到另一個島去旅行，祖先往小島等她，她抵達步出機場，出境大廳的字如浮水印Bali Ngurah Rai Airport，峇里島。她和祖在那裡生活，非夢見，是看見，非常真實。午夜大雨落在沉寂闃暗的海上，馬蹄踏過，嗑嗑嗑清音在樹叢後整晚回響，扶桑花，露天劇場，一幕幕如見後事，預知自己懷孕紀事。

狂風驟雨，掃過晨勉午夜夢境；夢境糅合記憶，同一命同容貌，一起向前世投胎。颱風過境，第二天清晨島上已經完全恢復原狀。晨勉才接通馮嶧的電話，告訴他將搭十點航班回香港。

晨勉特意繞到昨晚燈光別墅那條坡道；門燈仍未熄，深藍大門石柱上貼著猶新的紅字條——售。看來剛空出來。昨晚是誰在屋裡？尚未搬走的主人嗎？

晨勉從來只知道真實，現在，她不僅知道作夢是什麼，也有了夢的感覺。現實使晨勉了解決絕的必要；夢境使她明白人對現實的無助。沒有夢的空間，是最狹窄的空間。晨勉準時搭乘十點那班渡輪離開小島。她所不能釋懷，是她對狹窄的眷戀。她在最狹窄的空間，看見夢。

馮嶧接到晨勉，搖頭苦笑：「妳什麼事都會碰到！」為了防止意外再發生，他決定走哪裡都帶著晨勉。晨勉人漂亮，外語強，很帶得出去。他不知道妻子已經不是以前那個混吃等死的霍晨勉。晨勉的內部磁場不知覺發生了變化，表面上她完全似以往，內裡她更獨立了。

讓馮嶧驚訝的是，晨勉那股不經意流露驕傲的氣質，香港商場居然十分受用。生意人寧願跟驕傲的人打交道，就商言商，驕傲表示那人自信理性。馮嶧的建材代理便順利簽了約。

馮嶧興奮難抑，晨勉覺得不忍。馮嶧亦屬於晨安口中單細胞動物，他其實不過對事情反應比較遲鈍，他終究是個男人，對感興趣的事才有反應。晨安自己具有雌雄同體的特質，祖學戲，都可強化感應力。

馮嶧問她怎麼知道要用什麼架式應付那些人，她不知道。只是突然站在即興舞台上，擠壓出一種演戲本能引導她行事。晨勉胡湊：「學戲劇觀察來的啊！人生就是表演嘛！研究對手的一切背景，了解他的心態。別忘了，香江高度商業化，又有華洋通衢港埠島民性格，鞠躬哈腰那套未必管用。你要適時讓他們明白你的獨立判斷能力。」

晨勉很慶幸當初沒有去學校教書，戲劇走的路數又跟別學科不同，尤其需要自成一格與風頭，且光教學那一套套理論，夠她累的。

晨勉其實也很高興，交易成功，她性格面畢竟帶有濃厚的交手欲。這次成就帶給她的快樂，並不低於肉體的歡愉，她只是從來未發現。

重組的「合作」夥伴關係，晨勉和馮嶧的大陸行使他們的相處比任何時期都來得親近。晨勉告訴自己，這並不代表情感比例的消長。她想到祖時，仍然難受，這種感覺從未萎縮。

他們先到廣州，然後上海、重慶、北京，一般台商路線。每到一城，排山倒海的人潮，晨勉無法想像搭建櫛比鱗次房子的土地之擁擠承重。馮嶧的合夥人正在申請各項生產執照專利，計程車、旅遊、電視、廣告……，搶先申請到手，以防日後被壟斷，難以估算的巨大商機可自用，更可高價出讓。在晨勉目前看來，這是一個比舞台情節更繁複傳奇的地方，照著劇本演都製造不出的驚異效果。她母親的口頭禪正好用在這裡——這些人瘋了。

馮嶧的人間冒險論說對了，還形容客氣了。他們遭遇各式各樣公關花招，申請的執照必經層層關卡漫長過程才核發下來，只有等。晨勉偶爾跟馮嶧出門應酬，發現人的功能在這個社會只剩生物反應——吃、喝、玩、樂。最令晨勉不解的，往往女人比男人還拚命，拚什麼呢？她當時想法還很模糊。

後來到了四川，晨勉因為對農村好奇，都說大陸有八億農民，住妥重慶賓館，馮嶧安排一位女地陪帶她走了趟農村。從來沒有的撞擊經驗，她並不後悔，知道這種經驗會淡忘，因為她將來的生活這段記憶無安身位置。

她們乘坐包車一路搖晃六小時到大足縣，去看著名的寶鼎石造像，對日抗戰時期大量外省人入川，當中不乏學者、民俗研究員、藝術家，他們發掘確立了大足石刻的價值；大足縣縱連潼南、銅梁、壁山縣，最典型的農村群落。

混亂，晨勉早見識過，她沒有面對窮凶惡劣的心理準備。尤其農村重比率的男性人口更令晨勉迷惑。他們肆無忌憚的打量她，顯現男性對知識女性的陌生與挑釁。女人除了拚命，否則很難掙脫命運。

晨勉的印象是，大陸沒有害羞的人，無論她走到哪裡，都有人上來胡扯一通，就算那麼僻遠的農村，誰都可以肆無忌憚扯幾句，他們甚至大談經濟，開口閉口美金一百元兌換多少人民幣，這些人以美金為單位的金錢觀倒嚇不到她，她驚訝的是，從中央大都北京到僻遠農村，人個性是統一的，只有一種個性。晨安說得對，這世界畢竟單細胞動物比較多。她確信他們絕對不作夢，而感情在這裡，絕對是最實際之物，不是拿來愛的，如果有人買，有人一定賣。

假設單細胞動物不求進化，眼前這種狀況，大概已經是最好的了，彷彿人人有出路。她終於知道他們拚命什麼了，拚命活下去。

農村入夜後大片大片漆暗，吃掉一切，使人軟弱。晨勉就著微弱的光寫信給祖，寄由晨安轉交。要她形容黑，眼前便是。

晨勉與馮嶧會合後建議換尚未被關注的城市設廠，台商走過之處上下交征利，商機怕早被壟斷，這塊土地上的人如此拚命活下去，馮嶧一夥要做生意，手腳得快，大都市核發執照的進度，不如另起爐灶，開發新的路線。是哪裡呢？她不知道。她終於見識大陸土地民族性，黃土地性格。

馮嶧連日趕回上海辦事處，公司連開幾天會，參考市場分析，認為晨勉說得對，上海土地取得及建廠成本皆高，加上運輸昂貴，員工薪資也必須高於他市。最後一致通過在青島設廠，並在天津成立公司。建材可直接交貨櫃運天津轉東北，也可以運廣州攻南方。

晨勉決定重回台北，她在大土地上跑了兩個多月，身心皆不適應。她放棄媒介兩地舞台表演，改為拍攝紀錄片。她看到民族性、生活及類似大足石刻藝術縱深，直覺這塊土地上最原始的成色反而最有價值，最真實，她要先寫出完備的企劃案，計畫必須做得十分嚴謹，照本進行或者有進度，否則一定雜亂行不通。

重返台北，真有從虛擬世界回來到現實的疲倦與幻滅。台北並沒有變，是她變了。兩個多月像兩百年。

晨勉在梳洗後，才神清清爽打電話給晨安，是電話答錄，她撥了整晚，晨安都不在，她開始懷疑他出國了。她們家最後被吵醒的向來是神經大條的母親，晨勉只能打電話吵醒她父親，她現在變得毫無耐性等待，歷經商業化。

她父親不知怎麼也失去耐性，炮火轟炸她：「妳不認識字嗎？看不懂鐘嗎？」

「爸，你該起床做運動了，年紀大睡多了不好。」晨勉單刀直入：「晨安是不是出國了？」

父親沒好氣道：「陪那個祖回美國了。」

「他收到我的信嗎？」

她父親又爆開：「我哪兒知道！你們該做什麼，不該做什麼從來鬧不清楚！明天回來看我們！」砰地掛掉電話。

那麼是沒收到信？她失去耐性是因為焦慮，她父親是為什麼？很明顯，晨安。

無論對錯，晨安終於做了他一直想做的。至於她，需要大睡一場，沒有祖、馮嶧、多友以及工作的台北，及身而返，這城市眼下如同失去了一切。失去了夢的空間。

她其實並沒有那麼想念祖，她只是要確定他在哪裡？他如果死了，她可以夢到他，她現在有這種能力了。

她回來了，雖然躺在失去一切的城市裡，晨勉覺得安心。祖雖然暫時離開台北，但是，在她唯一的夢中，預言了他們將會再見。她的「三句預言」徹底從她身邊消失了，但她有了夢。她和祖未來重逢的方式，夢裡顯現清楚。她沒有失去他，她覺得安心的是，她如果失去他，現在她有方法知道了。

5

晨勉是在異常疲憊的情況下離開了香港，彷彿沉睡與生命結束前。遠走新加坡，直覺與丹尼目前無法繼續下去，她和丹尼的愛情運僵住了。她可以離開小島，但是離不開垂死枯萎的關係。人生像沙灘那麼長。

她很快認識了辛。辛雖然年紀比她輕，但國際化推動他們這種新人類開始得很早。辛擁有規模浩大的出版集團，跨文創、電子產業。但是辛又鄙視文化，他以商業眼光處理出版。辛是澳洲人，灰綠瞳仁鑲嵌在棕色眼眶裡像在觀察什麼，蓄養金色長髮，整齊紮在腦後，隨時嚼口香糖，這兩者在新加坡都不被允許，照樣我行我素。最吸引晨勉的，是他的高度自我。辛不喜歡澳洲，一個字，悶，卻勇於向新加坡的悶挑戰。晨勉認識了他，將實踐一生未曾有過的友情。

她無法原諒自己的，是她曾經拋棄辛的情感。她剛到新加坡開業之初，問題重重，如回到香港工作早期，深覺女人做事真困難，向她伸出最有力援手的，是辛。晨勉起先納悶為什麼對她那麼好，辛說：「目的當然是把你搞上床。」她當時不知道，辛認為她是一個機會，可以使他成為另一種人，一個「正常」人。他非常確定嗅覺，但是晨勉讓他失敗了。新加坡是個板板丁丁的國度，對她而言，一座無情感可言的陌生之城。她從不考慮困難與否，反正什麼都沒有，她對工作一向進退積極，憑依的正是她什麼也沒有。

辛帶著她見了很多人，他們對她的構想極感興趣，但缺乏概念，顯然這不像有形的投資。文創產業，他們只認同電子媒體、廣告、遊樂園、報紙、雜誌。最後辛透過一個建設公司集團負責認股大勢底定。晨勉順利找到市中心地段建築都佳的辦公大樓。她才發現連辦公大樓都是那集團的。簽約那天，她明白必須付給辛代價，不是金錢，是她，這是行情。她一到新加坡便拿掉丹尼的戒指，以後她的身價就是她自己。

她一旦和辛接觸，便察覺辛做愛的本質不太一樣，她說不上來，與異性或同性都不同，她想那是她和辛關係最特殊的部分，他們交換，她當時頗安於這點特殊。她和辛認識沒有故事，不像丹尼。辛活躍在一個社會裡，她經由社交管道結識他，她不需要特別與辛投緣，只要不討厭他就行，她清楚認識到她和辛在這個國家都是外人，她喜歡這種身分。至於別人清不清楚她感知的辛的雙性身世，她不知道。她如果接受辛的求愛，便得為他守密，這是她更不願意的，她有自己的人生。

辛雖然有意和她做愛，但是心理卻是退縮的，他對做愛絕稱不上渴求，她甚至感受不到熱情。那不是年輕男人的本色。

事後，晨勉誠心問：「怎麼了？」

辛說：「沒事。」他沒料到晨勉並不耽溺性愛，她似乎了然兩人做愛的空間及角色扮演不對，這點，讓他不安。他以男性愛她，唯一覺得抱歉的，是自己不能使感情單純。於是，日後他更努力關心她。

現在，晨勉不在一個大企業體系裡，自負盈虧，驅使她更專注工作。她像一頭鷹盤旋覓食，任何開拓版圖的機會都不放棄，她現在愈加確定一件事，她不要像她母親，其他事都沒有發生過，只有情感。

當新加坡一切安頓好了，丹尼來星看她。距離她在德國觀察他生活，四個月過去了；距離峇里島相聚有半年。這半年發生了許多事，其中之一，她的文化中心非常成功，周圍為數頗眾悶壞的人們有了教堂，而她自由的心使她成為一種宗教，人們需要這種能暗中竄改生活的異教徒信仰中心，是人們的道場。能多放任他們便想多放任。晨勉的私生活變得非常混亂，毫無秩序，尤其這個城市一向秩序井然，有序病態般的潔癖，且箝制一切。她懂這意味著什麼。醫院軍隊集中營學校，懲罰與規訓。印證了人能多嚴肅，就能多放浪；城市能多保守，就能多糜爛。這是她選擇的生活，一切都在控制中，該結束時，就會結束。這個城市生活，非常昂貴。

丹尼下午抵達，她去機場接他。在一個迷你城市，土地被過度規劃運用，人們彷彿活在夢幻如遊樂園時空裡。那天，她尤其強烈感覺到那種反諷。那段日子她開始寫信給丹尼，向他敘述生活種種，她知道自己在乘機整理，靠著整理，她能明白看見生活內容。

丹尼在她面前出現時，她完全感覺到時間的工，丹尼悄悄長成男人。他天生男孩氣質偶爾才浮出。他母親去世使他愈發沉默，沉默的力量在洗滌他身心後離去，他自我產生新能源。這些變化，是晨勉不在他身邊發生的，但是現在，她看見了變化後的結果。晨勉上前擁抱丹尼極驚豔：「你真像一個雌雄同體活物。」可以自我完成生命。丹尼生命尚未定型，他們之前同樣毫無選擇，又各自完成。她當然並未被排除，然而在丹尼內心，她不是他最終的計畫，很明顯，他不需要燃燒她的生命來支撐兩人情感，他是自由的，這是維繫他們之間最重要的力量，否則她或者丹尼會放棄這段情感，原本便困難。

他們搭纜車去離島參加晚宴，如節日，她對丹尼說中國人稱這種名目的飯局為「洗塵」或「接風」。纜車爬到最高處，以餘光丈量丹尼：「多像一種情感狀態，只有現在，沒有過去也沒有未來。」

機場赴她住處途中丹尼一逕沉默，對眼前的城市景象沒多大興趣，甚至有些漠視晨勉。直到在晨勉住處安定，他喝下一杯紅酒，彷彿體溫慢慢升高，整個人有了光澤彈性。他在屋內暖身似緩步走動，室內除了臥房全為開放空間。經過一天滿載生活回到家，最怕眼前林林總總壅塞造成視障，空白最有濾清效果，她很快就發現，世俗生活的力量，她跟任何人有何差別呢？只是她覺察到，別人沒有。最大的不同，這是她的選擇。

晨勉追著丹尼，某種阻隔，她甚至無法靠近他。重見丹尼前，她未預料到他們之間新生的距離，丹尼不是成熟了，是壯大了。

丹尼暖完身，踱到她面前，無言地以手指輕觸晨勉臉頰，竟回復如往昔。晨勉如欲力灌頂慢慢矮化，軟弱無形狀。

丹尼摟住她頭臉，喃喃訴說：「晨勉，好久不見。」她才又回到他身邊。也許他發現了她的糜爛，也許沒有，但是他現在站在她這邊。如此心理，使她沒有辦法放棄對他的情感。他拉她的手環住自己，輕撫她的指圍，那上面，沒有送她的戒指。

丹尼沒說什麼，開始檢視室內，直指要害：「這城市真讓妳如此焦慮？」

「我不知道。」

「晨勉，妳最大的優點是誠實還有一向知道自己要什麼，東方人天性，妳懂得精括上算，妳西方社會運作，妳非常清楚自己在做什麼。」

「我希望我能說得清楚。」

丹尼不真想弄僵他們的關係，免得重逢之路疙疙瘩瘩，便放慢腳步：「別急，妳想說的時候就會清楚的。」

這些年來，他既觀察不到晨勉的工作，也實在沒有資格批判她的生活。他自己有的只是學生身分，這對晨勉一點社會幫助也沒有，這是他一抵達新加坡便嗅聞到了的，他甚至無法想像自己未來有了工作，與晨勉的差距，他們不能光憑藉感情維持一輩子，類似想法在在干擾得他非常不舒服。他於是暗裡交鋒跟晨勉賭氣，而晨勉亦覺得自己矮了下去。

當晚在離島設宴為丹尼接風的主人是辛，晨勉創業後，了解失去了獨來獨往的權利，處在金字塔頂端，他們是小圈子中的小圈子，相互交換籌碼，晨勉無法拒絕豢養。

丹尼的學生氣質與穿著，很給辛刺激，辛整晚如尋思久遠美好記憶臉面散發光芒。辛性格傾向追求完美，丹尼的潔淨氣質，顯然接近完美。如果晨勉對辛是雙性戀者的感知是對的，她會遲疑於這次聚會，至少不那麼鄭重介紹丹尼給辛，似一種牽引。丹尼也許置身事外成為他們這群人唯一清醒者，所以也是痛苦的，痛苦的保持適度微笑。

小島上談不上視野，這座城市全部加起來也累積不出視野，這種平面，讓丹尼眼裡只有晨勉而生出獨處的錯覺。在新加坡任何地方吃飯沒人會主動問你喝不喝酒，丹尼主動示意要紅酒，這又刺激了辛的介入，兩人立刻成了酒友。

飯局結束，辛跟著回到晨勉住處，晨勉住家向來自己打理，她喜歡多元混搭，辛在房子主軸確定後也鑾欣賞，他酷愛有機變化。但是那天晚上當著丹尼，辛沒有停過挑剔她的室內規畫品味，說它們如布局混亂的櫥窗，她暗忖辛是喝多了，或者吃丹尼的味。同時間丹尼又喝掉一瓶紅酒，他越生氣喝得越凶。

深夜兩人終於真正獨處，空白擴大如鴻溝，丹尼表示也許提早離去，醉成十分，終於放棄他的清醒，詰問晨勉：「妳以前特異獨立的氣質何時消失的？」

晨勉的積怨徹底被勾上來：「我沒能力從容像貴族一樣生活，那是不可原諒的錯誤嗎？回到你的德國去，去交金髮美女、開舞會、學虛榮的中文、拿博士學位，沒有人非要跟你發生關係。」

如複製前情，丹尼第二天轉醒，她完全否認那段使她有嫌疑去過德國的對話。那晚，丹尼睡在客廳，他雖然醉了，潛意識仍抗拒晨勉混亂糾結的人際關係，他們的冷戰期。

晨勉明白，他們之間的和諧魔力已經破功，丹尼看穿什麼，忽地不眷戀她了。晨勉首次懷疑離開香港的決定是否正確。然而她不停留現在的地方，又該待在哪裡呢？

黎明前，丹尼終於熟睡，寬敞的客廳，角落立燈光池烙印地板如蓮花，了然如悟。晨勉半跪織布蛋白沙發邊端詳丹尼，她跟丹尼不一樣，她越憤怒越清醒。繼之注入的是一劑悲哀酵素，她清醒的俯瞰丹尼，卻覺得陌生。是的，一天下來，他們之間最大的障礙是陌生感，取代了彼此的感應力。如果要放棄丹尼，她寧願選擇不愛他。她悔悟不該讓丹尼到新加坡來。不是每個空間都適合情人的。

她非常想念丹尼，此刻他就在眼前，安靜的身體及靈魂。就在這時電話鈴聲炮仗般響起，是辛，他的語氣詭異地流露一股試探意味，他追問丹尼對他的印象，晨勉猜想辛重視她所以才亟欲在丹尼面前表現良好，她說丹尼睡了，辛反常失禮冷諷般：「不是你們睡了？」那是晨勉對辛的性向第一次確定。完全不合常情，辛的階級身分不容許他半夜致電，並且過度關心剛認識的人。

後來她是被自己的夢嚇醒，她夢到和香港的鍾交談，四周布滿恐懼感和濕度，她被催眠似急於清醒而悲哀覺到那不是交談，是做愛，鍾的性器官彷彿手指，在她身上四處遊走。典型的都市人，醒了就再無法睡。她不怕這夢的內容，她怕這夢是個開始，她會從此慣性地在半夜突然清醒，然後無法再睡。

這座城市一向安靜地天亮，此時，曙色悄悄染上窗簾，晨勉苦於不知如何驅除這份清醒，她呆站在灰濛晨光中，丹尼受到感應朝她睜開眼睛，她體內的欲念，海浪般退潮至腳踝困住她，丹尼直起身全心意擁抱她，她聞到兩抹熟悉的味道匯合。丹尼的酒退到六分，是他最能控制自己身體的程度，他不再憤怒，接受到晨勉的悲哀，他孩子似無助：「晨勉，對不起。」

晨勉：「我聽不見，你在這裡我聽不見。」

他揉搓她身體，引領潮水回漲，他在她耳邊不斷反覆：「晨勉，對不起。」

晨勉終於接受：「好。」

他們累積許多不同房間做愛的記憶，她相信現代人這種經歷不會少。同個空間，她瞬息明白了和辛之間問題在她，她對辛的吸引力不夠，辛才退縮。

也許她和丹尼之間很多情況都變了，唯一沒變的是做愛，她仍然無法不呼喚他，她呼喚他，他回應，確定高潮循往的路線，順著她給的意符聲波傳送至他們所在的地方，她從來沒有在其他事情上，如此準確捕捉到抽象。當丹尼癡迷詢問：「晨勉，可以嗎？」她知道，不可避免的高潮已經來臨。

丹尼像剛曬過太陽的鬆軟棉被覆蓋她身體，晨勉感覺到他的重量，用身子撼搖他：「你胖了。」丹尼更重重壓下，她不會去分辨辛的輕重。此外沒變的，是他們做愛後交談，這次，丹尼要求晨勉把她的全天流程仔細敘述。晨勉勉強聚焦重點，才發現，她再忙，她的一天似乎並沒有太多有意義的內容。

丹尼浮閉雙眼以鼻尖嗅聞她，在感情國度裡，他常說自己是一隻靠氣味引領的犬。閉眼聆聽的丹尼：「怎麼連獨特的敘述能力也消失了。」

長考後他問晨勉：「妳一定要過這種生活嗎？」

晨勉知道很難說清楚她的狀況，她不停換環境，因為她不可能永遠只留在一個階段，她知道自己的生命注定不單純。她一向顧慮不多，因為生命中值得納入考慮的人事太少，她唯一能改變的資產，就是改變自己的現狀。她預估頂多三年，中國大陸市場大開後，全球經濟體將重新建構分配布局，各國大搬風，新加坡無法置外。事實上，目前已經走到某種發展狀態的尾聲，她隨時可能離開這裡。

丹尼問：「妳可曾考慮用婚姻改變現狀。」

晨勉苦笑：「以前若是誰有能力改變我，我會立刻接受。」

「現在呢？」

「你認為呢？」丹尼到這一刻都沒把自己列為她的婚姻對象。感情上他需要晨勉，他也付出，晨勉並不覺得他在利用她，他只是還在履行感情的階段，也許可以一直以愛情代替婚姻，誰說安定是終極目標呢？丹尼恐怕就做不到。她不恨丹尼，她只是無可奈何：「丹尼，那個時機已經過去了。」

丹尼答應留下來陪她，學習了解晨勉的現實世界。以前，他們相聚，在一個度假、旅行研究、休閒的氣氛裡，他們的愛是相對的，不需要燃燒誰的情感支持。那時的愛是彼此特質的交織感染，這種吸引力注定越來越消弱，無法長期消費缺乏根基的戀情。如果他們的關係不能適時過渡轉為明朗。

丹尼現在願意接觸現實社會，晨勉明白，對他並不容易。丹尼喜歡學生生活，圍繞學校喝啤酒、咖啡、閱讀、看戲，同步的社群文化，流動的饗宴。他們由純粹的愛欲覺察彼此對方存生開始，如今要改變以往軌跡，去到一處原初不在計畫裡的旅站，對旅人來說，當然是大忌。

也就在那段時間，她和辛的關係起的變化比她和丹尼之間還大。

辛展現突如其來的熱情，他不斷趨近晨勉，但是晨勉又覺得他的目標並非她，而是丹尼。她知道同性和異性愛不同，她的問題是，她分辨不出這兩種感情有何衝突。

辛完全不碰她了；她在丹尼處得到慰藉並不表示她不需要其他。

初起每天她下班由中心離開，丹尼和辛已經相處了不少時間，誰都看得出來辛極力取悅丹尼，辛準備了整箱上好紅酒放在中心和車後行李廂，以便隨時酒性起，辛又買了全市通行證，方便去任何地方，甚至改抽和丹尼同牌香菸。除了頭髮和面貌，他們似另一種孿生兄弟。這種特質上的模仿，丹尼稍後有了反應，男人天性，他厭惡辛明顯將他當情人追求。丹尼之後拒絕非必要不與辛吃飯共處，辛變得十分焦躁。就是這種狀況，晨勉的多功能諮詢中心每周預約滿額。丹尼正進行寫論文最後階段，對華洋雜處的文明病例個案十分感興趣，相關亞洲文化課題，可與他的研究互為參照。他是一個沉穩的人，不因環境局限，他每天到中心參考檔案資料、作筆記，在他專業領域裡，整個人回復恬適、溫和的氣質。回到他的學生生活世界。

每稍空閒，晨勉會約辛單獨聚會，她一直很感激他，並不在乎用身體回饋他，她甚至願意主動挑動他。有一天黃昏驚雷後落下大雨，離下班還早，丹尼正專心陷在資料堆裡，搭配淡葡萄酒和乾果，不知道是熱帶陣雨帶來鬆弛慵懶，還是隔離安靜而撫慰，她體內綻放星點欲念擴大凝聚為光體，神思恍惚，彷彿自己通體透明需要一個懷抱；她睇向丹尼，丹尼整個人散放平靜，完全不對應她的光體，她想到辛的焦躁。

她約了辛在她住處碰面，她說需要他，立即轉調為神祕約會。辛到的時候，她直視他，然後敘述黃昏時她身體發生的事，她的敘述並沒有那麼長，更顯對辛而言是一次集中、嶄新的出擊。他手指順著晨勉的語意，序次遊走她全身，狂野的開墾晨勉初次放領的處女地，也是他自己的。這種渴求做愛平撫躁動由深處竄出，她驚訝的發現了自身情欲的新大陸。

丹尼激發她愛，給予她愛人的意願；卻是辛啟發了她情欲的肆無忌憚與不理性快感。

那次愛，辛可以做完的，他的身體反應完全沒有問題。但是當她敘述的能指離開，他便再無法前進，他停止動作，懇求晨勉說出她真正的感受。告訴他，她知道的真相與細節。

晨勉鼓起勇氣靜定迎戰：「你的身體和你的心理不協調。辛，你身體願意的，但是你心理不願意。」

辛竟如解脫：「妳都知道。」戳穿身分極可能破壞友誼的平衡。

「我知道，但是不願意承認，我也十分軟弱。辛，你身體是同性戀，但是你心理是雙性戀。你是個平凡的同性戀者。」她不輕視同志，甚至可以包容到與他們共同生活。令她不解的是，辛以她為假想情敵的心態。

辛離開的時候，是帶著請晨勉試探丹尼意願的哀求走的，他渴望丹尼的愛。

如果丹尼不開口問，她不會天真到戳穿身體私密，也許她累了，所以做球誘使他發問，如果丹尼能接受辛，她並不排斥三人行。就算不是情人，至少保持某種關係。她長期與不可知的命運奮鬥，早耗盡掙扎的力氣，情感上的奮鬥她毋寧擁有全部，並不在乎品質，丹尼以異性愛她，就是全部。

丹尼聞言無法置信而說不出話，他們愛的路線難道真那麼窄，晨勉只跟外國人來往的作風，反而狹小了他們的視野，晨勉奇特的氣質，抱住吸引一群異常的人，會發生什麼事，已經很清楚。

丹尼決絕厲聲問晨勉：「你們做愛，沒有戴保險套？」

晨勉再度受到撞擊，上次丹尼以同樣語氣質問她居然沒避孕！這次是保險套，性取向。她以尖刻冷漠回應：「你應當問我有沒有高潮。」丹尼太道德批判了。

「晨勉，妳想過沒有，辛太不負責了，如果他有愛滋病，會傳染給妳。」

晨勉震驚，為什麼她從來沒考慮過這點。

丹尼幫她整理頭緒：「妳以為應當不會，辛在這保守的城市不敢曝光就不可能跟男人性交！同性戀同樣追求性，所以一定有性行為，沒聽說辛是同志並不表示他沒有性伴侶，他大可私下去外頭嫖啊！他只是身邊沒有公開的情人，如今他公然追求我，不惜以形象做祭品，不就落實他的性向，也證明這絕非第一次！」

晨勉霍然明白她以追求情感自欺，包裝了多麼虛假的存在，得來不易，她不想流失點滴情感重量。

為示正視丹尼的耽憂，晨勉迅速隱密約妥醫生檢驗，另外，她終於掛號婦產科，檢查她難懷孕的原因。

等報告期間，晨勉和丹尼交談的話題與興致較以前開闊。他們成為一對平凡戀人，接觸人世渾濁的面貌。

丹尼告訴晨勉，辛的內情一定要思考縝密細膩處理，他們在的城市，是一個恪守傳統教條的亞洲都會，思想尤其保守。此高級文化小圈子八卦，極可能引發醜聞風暴，視他們為邪惡團體。

晨勉及丹尼開始在中心、家裡不斷接到無聲電話，他們知道是誰，對方也明白他們知道，訊息太強烈了。丹尼開始發火，嫌棄厭惡辛：「做什麼都好，什麼也不敢做；這種人最特別的，就是反覆困於自己為什麼被生成這樣。說穿了，一點也不特別。」

辛開始絕跡於所有社交場合，這圈子很小，不久便傳出耳語，一說辛被晨勉利用完遭拋棄，一說辛在躲丹尼。晨勉對傳言充耳不聞，她重視的是丹尼在她身邊，他們共同面對事件。她信守不對外散布辛是同志的承諾。

但是丹尼和晨勉同時嗅到辛在他們周圍埋伏的氣息，如獸，而丹尼就像獵物，等他過期，辛隨時跳出叼走。晨勉還覺得風向不太對，充滿詭變，像發動攻勢前沉潛養精蓄銳，隨時絕命一搏。她甚至找不到辛，同業此時傳出辛的出版集團出現危機；狀況蒙昧隱晦更讓晨勉坐立難安。以敗步愛，真的對辛那麼重要嗎？讓他背水一戰，以退為進？

晨勉不得不和丹尼商量做出提早離開的準備，丹尼希望晨勉重返香港。

「你先去香港等我，我找到辛和他談談。」退無可退，晨勉必須處理，否則她無法再回到這個城市。所有人都知道辛幫了她多大的忙。曖昧的名聲是她選擇的，她可以是妓女，但得是她自願，經過交換行為，沒有辛的加持，晨勉光環勢必失色。

愛滋檢驗報告顯示陰性正常，但是醫生提醒愛滋病空窗期到發病，時程未知數。至於生育功能，再正常沒有，這意味如果她想生孩子，必須進一步面對無數繁複更精密的檢查。她只對丹尼說了愛滋檢驗結果。送行的最佳禮物。其實莫名的不孕，丹尼同樣歡迎吧？

五月的一天清晨，晨勉送丹尼去機場，整潔乾淨的街道，規格齊一的樓幢如永遠未醒來，靜靜躺在童話夢裡。有光也有永恆，但是沒有愛。

丹尼仍然喜歡島，她知道，只有在島的空間裡，他們可以親臨發生的事。舊俄如此巨大古老，當發生驚天動地的變化，外緣很難視見。

她的內心，丹尼都聽到了。他說：「將近兩年前妳送我到機場，妳說妳如果是男人就要留長頭髮，長髮是力量。」

晨勉說：「這想法並沒有改變。」

改變的是她和丹尼的關係，人不在一起的時候，關係也會質變。丹尼啟動了命運之鈕，最初她以為改變了她的命運，現在，她知道實則是改變了她的人際關係。他們之間相對也變了，雖然她並不甘心。

飛香港航程不長，晨勉隨口問丹尼途中打算怎麼安頓自己？

「想像跟妳做愛。在這裡做愛一點快感都沒有。」

晨勉立即快樂起來，那最能表現丹尼的想像力，自由的丹尼。

「怎麼想呢？」

「把自己好好擺平，要張毛毯、紅酒，告訴空服員不用餐，閉上眼睛，戴上耳機，做一個完整的愛。」

「完整到什麼程度？」

「有開始、過程，還要賦予妳的反應心情及我自己達到的境地。最重要是我們有對話。」

晨勉至此，方覺丹尼來這城市一場，是她虧負了他，她唯有全心羨歎讚美他的自由：「你會要達到什麼程度？」

丹尼居然靦腆：「晨勉，男人幻想性不比女人，不像妳以為的那麼浪漫，我們只求過癮。」

「你可以做那麼長時間？」

「要多長都可以，做愛結束在射精，不是時間。」

晨勉會一輩子記得丹尼這句話。握別丹尼時，她輕聲對他說：「我很高興能和你在飛機上做愛。」

回程途中，丹尼手背細柔汗毛輕觸她臉頰之感比路樹扶風更真實如在。這島國安靜得像不存在。漂浮在記憶深處的汪洋裡。

她直奔辦公室找辛，辛鉸掉長髮，齊髮根柔順地抿在耳後，他有著非常聽話的金髮，卻有一雙憤張的灰綠眼珠，嚼著口香糖的唇線緊繃，牙齒在內部活動，咬合緩慢。

辛迎接晨勉步入他的公司，定睛直說：「他離開了。」

晨勉點頭：「我希望我們和解。」

辛挑釁：「為什麼讓他離開，他甚至還沒機會了解我。」

他們交談真困難，但這正是晨勉找他的理由，她小心翼翼：「你們是不一樣的人。辛，很多事情要認分，我們無法控制。」

「我一直把妳當朋友，有一度我甚至幻想可以藉妳的力量定性下來，但是丹尼突然出現使我覺悟定性的想法太消極，丹尼不就是一個對的對象嗎？一定多得是這種人，可以讓我選擇。」

那麼晨勉和丹尼算什麼呢？她算什麼她不在乎，如果是她自願，譬如和辛的友誼。可她回頭，並不是來找回一個朋友，而是一個生存的空間。辛自認天雷地火，但她認為辛最不需要同情，她不同情他。

「你現在還把我當朋友嗎？」

「妳呢？」

晨勉正色說道：「我感激你對我坦白，我們要做這樣的朋友。」她說謊，並不全然是謊言，她需要這個朋友，但內心不再視他為單一性朋友。

丹尼離開，晨勉和辛雙雙同時出現在文創圈，周圍攻訐的耳語悄悄消退，但辛出版集團經營危機流言持續熱傳，節節發燒甚囂塵上，完全是辛手法，他操作得密不透風。晨勉感受之餘，暗忖辛就算被高價併購，也不可能返澳洲，他會繼續留在亞洲，他喜歡華人社會的熱鬧。他曾經說西方人的生命沒有根，東方民族有輪迴信仰，前世今生就是根莖，他在這裡頭可以依賴宿命說，解釋這輩子的發生。

晨勉與丹尼約定香港見那刻，她已經拋棄了辛的友情，現在狀況穩定下來。如果有需要，她願意有一天以事業回報他。

一周後她依計畫飛香港與丹尼會合。與台灣之於她，晨勉對香港並不熟悉，她雖在許多城市印證香港經驗，她相信有天離開新加坡，情況恐怕也一樣。

因此，半年後再臨香港，經過沒有記憶根柢的街道，如小女孩蹺課跑進迷巷而恐慌。

黃昏時分，她搭船抵達離島。她隨波順流步下船板，人群背影望向碼頭盡頭浮凸效果，丹尼三年前眼神迎接她，只有一個出口，她走向他，他們距離拉近，時光對倒。她矗立丹尼面前，雙眼不由濛湧一層潮霧，海浪拍打著岸沿，她是一座沉默的島。丹尼微笑溫和：「歡迎重返小島。」一句最神祕的暗語。

黃昏燈火已經四處掌亮，初夏小島全境散泛著晴藍的光，如拭擦得通體透明的心情，海水的音頻如在耳際，彷彿夏天貼近小島的旅客。晨勉的印象被喚醒，她記起，冬天的東北季風呼嘯聲非常遙遠。

晨勉和丹尼都不是懷舊的人，但是滲入街市的感覺如是令人們眷戀。晨勉無限神往地對丹尼說：「如果不是你，我對這個島毫無印象。」

他們先回家安頓，一隻黑色小狼狗趴在院子門燈下溫馴地望著他們，只聽見換氣如嗚吠，認他們是主人。

「妳的生日禮物。從小養，牠將來會認妳。」活的，提早的生日禮物，牠將留下，丹尼一周後離去。

丹尼給狼狗取好了名字，Happy，生日快樂。晨勉依中文譯意叫牠「小哈」。

屋內陳設如舊給晨勉一種安全之感，聽得見海浪起伏，心內有一座草原。難怪這裡不擠。

以後，小哈如天生是晨勉的狗，牠到處黏著晨勉。

稍後，天全黑下來，他們散步去碼頭第一次共餐的海鮮店吃晚餐，小哈亦步亦趨尾隨，奇怪的一條沉默的小狗，丹尼搖頭失笑：「真是妳的狗。」

晨勉的心情一路高低起落，重新看到自己的生活歷史，使她輕鬆不起來。魚池裡增添更多顏色瑰麗的新品種魚，染錯了顏色似，她記得丹尼很喜歡一種豔藍深海魚，他說吃那種魚比較沒有罪惡感，像假的。

她為小哈點了盤炒飯，特別交代不放鹽，狗吃太鹹容易掉毛。她和晨安小時候也有一隻黑狗，那條狗叫太保，動不動咬人腿肚。她母親入獄後不久太保突然失蹤，有人說在監獄外看到牠，太保似乎只認她母親，即使她們是一家人。

那條狗是怎麼來的？八成是她父親的，那年頭不會買狗當禮物送人。

她忘神的盯著丹尼灰藍眼瞳，她母親第一次碰上父親看到什麼？她記得父親的眼珠顏色非常淡，如琥珀化石。她父親和母親的傳奇，像還在大氣中未散，她常恍惚如嗅聞到。

丹尼牽她坐下：「妳今天神情像恍如隔世。」

晨勉回神：「我以前也有過這麼一隻黑狗。」

丹尼安慰她：「這很平常，小孩都有隻狗，沒養過才不對勁！」

「後來那狗不見了。牠只跟我母親。」

「所以妳的狗也只跟妳。」丹尼似乎不相信這種事。

晨勉明白這極個人經驗，很難言傳，她也不想多說。簡潔道：「我強調的是歷史，不是迷信。」

丹尼所不能否認，小哈的確冥冥中與晨勉有緣。

當天他們喝啤酒，完全第一次共餐重演，但是他們都知道，心境已經不太相同了。

「生日快樂！」丹尼正式舉杯敬酒。時間在丹尼身上顯示的過程，是好的過程，洗滌得丹尼隱然發光。無法否認，時間還是不公平的。

「生日快樂。」她回敬自己。小哈無辜清澄地直視晨勉，晨勉玩笑：「這狗該不會是啞巴吧？」

蛋民仍住在船上，生活的回響由海面傳來，晨勉三杯酒後覺得船身晃得她頭暈。

「天色凝重如磨墨，十之八九要下雨了。」當與丹尼記憶層層剝開，不知怎麼，她並不快樂。

老天似乎打定主意搬演「續前緣」一戲碼，他們得走完初識當天的幕次，才算接受考驗過關。事實上島型生活固定，四季如序，人們很容易在島上遇見熟悉的記憶場景。

直到大雨沛然灑落，他們奔跑雨瀑中，丹尼懷抱小哈，騰出左手牽晨勉，他頻頻喚道：「晨勉！晨勉！」

她問：「什麼？」

丹尼說：「妳！」

丹尼這天特別眷戀她，她知道他的意思，他在屋裡喜歡前前後後喚她名，他說靈魂在，身體就不會離開。但他今天神魂不屬。早晨醒來，丹尼垂閉眼睛想事情時，先叫她名字喚醒昨天的她。

香港她認識的菁英走得差不多了，短短半年，雖說海浪捲走的多半是大貝殼，但她相信大貝殼還會被送回沙灘。那些人會再回來的。

晨勉曾問丹尼，人生最怕什麼，丹尼說不知道未來，現在最怕成為植物人，仍一直老下去，所有生命現象都存在，就是喚不醒。「以及，目前更怕同志。」他玩笑說。

他們在這一周裡，恢復大量交談的單純生活形式。丹尼反問晨勉最怕什麼，晨勉說，以前最怕命運，她這麼努力工作，就為擺脫以前命運。現在，她害怕失去驗證與自己的關係，像她妹妹，如果沒有晨安，她在這個世界上將沒有人明證她是誰，她將不存在，可是她活著。

「晨勉，妳不是說妳沒有避孕嗎？」那天他們順著環島小路散步。

「所以我認為命運正在環環相扣。沒有任何理由，對我而言，不孕是沒有任何理由的，我將什麼也不是，漂浮無重力大氣層無法靠生命的岸。」「那個晨勉」的存在，她看到自己的一生。

「你去作了檢查？」丹尼的直覺敏銳。

「嗯，很好的醫生，很進步的設備，這是沒有答案的事，丹尼，就像我們的感情。」晨勉語調儘量正常。

丹尼不願意濫情，這刻他缺乏答案，是確定這不關結婚與否，他們難能的創造一種移動路線如游牧，但是晨勉和他，看情況是沒有孩子緣。他們定下來，沒孩子晨勉會更孤單。他們注定依附情感，而無法依附生命。

他們回到屋內，晨勉出門前一定都將廊燈燃亮了，像等她或等任何人，她住哪裡皆如此。

每回，當他們進到室內，就像如常進入家庭生活。他們的交往雖然特別，仍然不免循環一種半固定模式。而且，又到丹尼離去的時候了。現在跟以前的差別在於，離別比較不再讓晨勉窒息絕望。丹尼注定離她越來越遠，這亦進入一種緣盡的模式。

小哈先幾步往前小跑，旋身臥趴在廊燈下等他們。晨勉要帶小哈回新加坡，無論多難。

那幾天，離島每到黃昏便下起急雨，雨勢如一行行狂草天書，黃昏結束，雨也結束。晨勉始終不解午後雷陣雨的季節理由，但是在離島和新加坡屢屢見此天象。丹尼酒喝得越來越多，他們不交談的時候他便獨自去海邊游泳。這天遇雨回家路上，丹尼告訴晨勉決定延期離開小島，他開始喜歡午後雷陣雨的張狂意味，亞熱帶島國天地特殊的約會方式。

晨勉才進屋接到房東電話，九七大限將屆，房東準備移民賣房子，先徵詢晨勉購買。晨勉從無置產念頭，認為那如禁錮。她喜歡可數的資金，進退自如。但她表示會考慮。

她如見一個人生依附的城堡逐漸暗中解體，趕在她正需要實體生存道場前。她不想跟丹尼討論這件事，丹尼無能為力。她無以固定附著的命運，正在實現。

趁丹尼洗澡時她打電話給晨安，晨安那裡正是半夜，來接電話迷糊半醒的聲音是亞伯特。

晨安隨後接過去話筒，忙問什麼事。晨勉反問：「妳呢？有事嗎？」

「我能有什麼事，不過就是亞伯特在我這裡。」晨安了解她意思。

丹尼也在她這兒，再自然不過了，就覺得哪裡不對勁，像請了假又在辦公室出現。晨安認為沒必要置產，沒地緣沒故人，晨勉不可能住得下去，再排除工作的理由，唯一只為房地產增值。

「晨勉，妳生命的故鄉尚未出現。冥冥的力量賜給妳的時候，妳就會確定在哪裡固定下來。」晨安的話通過話筒竟如吸音器，吸盡晨勉四周聲音，晨勉感覺飄浮在寂靜的太空中，忽然聆聽千里傳音。

丹尼洗完澡聽到晨勉在講電話，見她臉色凝重，以為是辛，近身向前打斷道：「警告他別煩妳。」

晨勉猛然被喚醒：「是晨安，不是辛。」

晨安興致地要跟丹尼打招呼，那是他們首次對話，丹尼接過話筒，不知如何反應，兩人片刻空寂，晨安反常地帶著感傷：「丹尼，我是晨安，謝謝你安慰晨勉。這對她很重要。」竟似託付。

「我很願意。」丹尼定神道：「妳的聲音聽起來好熟悉，完全像晨勉。我喜歡似曾相識的感覺。那很神祕。」

丹尼就是似曾相識的情況下與晨勉相逢。晨安結束談話前說，她相信有一天他們會見面。

他們出門到碼頭去買鮮魚，晨勉回望小屋，孤零零暈忽廊燈，亮在同色系黃昏裡兀自獨立有自己語言，與她無瓜葛；小哈朝屋子乾吠幾聲，感應到晨勉對屋子情感的迷思。晨勉那刻決定放棄這島。

他們坐候碼頭邊蕈菇狀花崗岩纜樁等漁船下貨，船才靠碼頭，熟識的店家群擁而上，丹尼喜歡欣賞這份熱鬧。他曾經說大家演戲，事實上都不挺認真搶貨。兩人幾乎每天報到，看熟了船家面孔，丹尼丟啤酒上船，船家七嘴八舌回丟幾條魚或貝類，有次誇張的丟隻大龍蝦。純粹對外國人的單純好感。晨勉奇怪香港屬英國殖民地，身分認同應該比中國強烈，不知怎麼有時候看來卻有點作小伏低的姿態，還不如常年討海的漁民質樸篤實。

然後上市場補充晚餐食材，他們現在很少外食，大多在院子燒烤或蒸清海味。丹尼嘗過晨勉的燒酒蝦後，每天央晨勉做。

「你小心蝦吃多了，賀爾蒙在身體裡亂蹦！」丹尼在島上重拾單純生活，也恢復了愛與精力。每回散步經過蛋民的船，他想像在船上生孩子的方法，一窩一窩的兒童像夢般繁殖，丹尼的結論是：那姿勢勢必急切，夢的速度太快，愛的速度慢不了。

丹尼的想像力，春藥般在他們做愛時溶化，丹尼的想像力超越做愛，晨勉不禁哀婉，怎麼做才符合愛他的程度？丹尼的想像力一定使他在做愛時比她快樂。

丹尼發現了晨勉的挫折：「妳的身體並不似妳以為的需要滿足，那樣太不正常了，身體只是用來發揮做愛的容器，做愛的本體還是愛。想像力有時候甚至是邪惡的，它會誤導妳身體的需要。」

「可是我沒有辦法控制性，我好像受到身體的奴役，一直要去遷就它。如果我有雌雄同體的能力就好了。」晨勉竟哀感道。

從丹尼無拘束的對待身體來看，男人永遠比女人自由，男人可能成為雌雄同體。女人最大的幸福來自純粹的雌性身體？男根天生的攻擊形狀，使他們掌握了想像力先機？

丹尼特別喜歡以啤酒配海鮮，晨勉認為滋味單調少層次，丹尼的口味一向單純，追求落空的境地。他們的晚餐無限延長，晨勉對丹尼說台灣稱這種奢侈吃法叫「吃氣氛」。他們在院子往往到半夜才回屋內。夜一分分往下沉湎，丹尼的身體似野獸眼睛在森林深處發光釋放，這時候丹尼會問：「我們還有幾次愛？」

「一次。」晨勉答。永遠一次。

夏初多雨水的島上，黎明、深夜皆是雨下時段，丹尼每每被雨聲驚醒，需要收驚，如夢一般詮釋各種身體語言，晨勉與他一起解夢。也有時候他們清醒著，什麼也不做，欲降到最低，聆聽雨聲吃掉海浪聲。生命的需要無法解釋，那一刻明淨到了無遺憾，當時死了，也並不寂寞。身體的孤獨，在德國時晨勉體會得最深，孤獨到靈魂沒有依附，那時候，她積極追求丹尼生活的真相，現在，她看到了真相，不追求，但並不孤獨。驟雨不終日，總會過去的。

晨勉將離開這座小島，和丹尼平躺交談的機會倍增，幾次衷心與丹尼說：「你在這裡真好。我們的關係進入新的階段。」她不再視離開小島為宿命，而視為一種自然的結束。她的身體也許沒有丹尼那麼自由，但至少是勇敢的。

可是她也有軟弱的時候，那一刻她最先想到年齡，她對丹尼說：「你如果找一個年輕的女孩，她一定比較有活力，你不會那麼累。」

「我會更累。」丹尼尤其不認為年齡是問題，人跟人相處不是年齡，是心智。

他們離開小島前一天，晨勉才約略把屋子的事告訴丹尼，她表示屋裡的家具也決定放棄，她沒有精力處理。所以有時候是年齡，不是心智，她心想。

他們如守靈坐到深宵，丹尼關掉每盞燈時像捺下自己家裡的燈，然後，在客廳頭一次醉酒的沙發躺了一夜，他以獨處的形式和屋子作最後聚首與道別。他離開這個島，將離開這個階段，下一次和晨勉相會的島在哪裡？晨勉未及思考這問題。沒有答案。他們認識以來這些事都由晨勉操心，形式則由他決定。也許終有一天晨勉會主動選擇放棄他。想到這點，丹尼無法忍受。

晨勉睡熟了，她貼緊床面的身體一向吸引他，潔淨的臉容浮抹一層釉彩，他喜歡東方人深沉的立體表情，清朗時又十分平面。

他抱起晨勉，將她放平客廳大沙發，晨勉蒙昧半醒，閉著雙眼問：「你要走了嗎？」

「晨勉，我們還有幾次愛？」他的臉龐面具般浮在她面容上方，眉梢對著眉梢，下巴對著下巴：「我來了。」

「我要你。」晨勉瞳仁收束一切微光：「為什麼拒絕你那麼困難。」

廊燈暗熄，晨勉走過去燃點它。她穿了件薄紗長袍睡衣，燈光由後方析透睡衣只見身體，晨勉如裸裎朝丹尼走去。丹尼伸手抱她，衣服摩擦晨勉的皮膚像重重宣言，丹尼除去它。晨勉身體自己會說話，衣服有另一種語言，但身體才懂得承載。

丹尼逸出身體夢遊般尋覓：「晨勉，妳在哪裡？」他們陷於無意識狀態，本能感受卻愈發強烈，晨勉得隔一段距離，才能回應：「我在裡面。」他們在彼此裡面。

丹尼不肯結束，他們便一直停留在無意識高原，守在對方土地上做最後一次紮營。

什麼時候結束的，他們麻醉的身體不知道。丹尼一次又一次在夢裡問：「可以嗎？」夢中撫觸送晨勉的戒指，她全身最堅強之處。力量增值，貫穿夢境。

晨勉被問醒，又睡著。她的身體無縫密合他，他們的身體唯一對對方沒有意見。

丹尼在他們同步離開的渡輪上要晨勉再好好檢查不孕症，他揭示晨勉如果無法避免複雜的性關係，保護自己最好的方法就是避免不確定孩子的父親是誰。他非常清楚晨勉的內在，如果懷孕，晨勉不會拿掉孩子，而且晨勉會希望孩子有個父親。這兩者，非常難以接棒。晨勉陷入沉默。

他們的身心如是寧靜，交談便如空氣流淌般自然，沒有重點，不需要結論，遇到什麼說什麼，即使半年後再敘話題，自有當時氛圍供銜接。他們談到做愛的階段性。

晨勉問：「你喜歡以前還是現在？」

丹尼說：「現在。以前太重視做愛了，現在反而身體每種反應都捕捉得到。」

晨勉班機先飛，丹尼送她登機，加重抱住擁別：「好好照顧自己的身體。身體是最容易枯萎的。」

「丹尼。我已經不是以前的霍晨勉了。」她流淚。

「我知道，但是妳對我的意義還是一樣的，我喜歡屬於我的那部分。」爐火純青即通達。

「丹尼，再見。」

離別像一條航道，鋪架他們各自的旅程，他們耿耿於懷但又無可奈何，他們並非不愛，她甚至去到他的國度，他則趨向她的生活。他們的宿怨尚未開始，因為他們缺乏固定關係世俗之緣。二者如何選擇，令晨勉惶恐不知所從。目前也許已是最好狀態，只是他們終將以離別作為結束。

6

晨勉悠忽醒來，恍恍惚惚覺得自己心跳在睡中曾經停止。這一眠好長，如由寂靜核心復蘇歸來，生命可自生自滅。睡境經驗，最常冒出的是嗅聞到自己發出熱帶島嶼氣息，月光下載浮載沉向岸靠去。這次，她在途中沉沒，甚至聽到海面洶湧潮水之音，她隨後醒來，覺得像升出水面大口呼吸。原來外頭下雨了。

屋子不大，她喜歡隔間少窗戶明亮的住宅，那使得房子完全沒有家的味道，正確的說，沒有家庭生活的痕跡。每天，大量在家中出現的，是光，陽光或者月光，這兩者永遠不夠。她收集那麼多光做什麼？她不知道。

下雨的日子讓她想起祖，祖曾說雨天讓他覺得飢餓，她問怎麼樣的飢餓？祖說：「像性一樣，永遠吃不飽。」雨永遠下不停。但這種飢餓對他有種正面性。引誘他繼續活下去，飢餓使他意識到身體的存在，明白自己仍活著。

晨勉不安想到，晨安陪祖回美國不算短時間了，為什麼去那麼久？為什麼捲進風暴中心似的杳無動靜？難道出事了？祖的母親不像會喜歡任何人在他們母子四周，尤其晨安對祖如此珍寶。如果晨安是暗地糾纏上去，那肯定會是大災難。祖的母親喜歡糾纏，而祖，最怕糾纏。

晨勉打電話給祖的母親主治大夫，醫生記得這個案，因為太特殊，也想從晨勉這裡找線索，原來祖的母親連第二階段療程都未完成。醫生說：「沒見過意志力這麼頑強的病人。」祖的母親控制一切，拒絕進食，卻又神采奕奕教人束手無能，問她需要什麼？什麼都不要，她理智條理訴說自己很好。與醫生交談，侃侃自若，醫生甚至切不進話。從來病人都依賴醫生，精神患者自不例外，祖的母親顛覆逆向。

面對現實世界，祖的母親如醒著作夢，以積極獨特的風格面世，完全沒有祖的委曲求全那套。她非常知道怎麼清醒演戲。然而就因為太會了，留下的足跡更清楚看到她的瘋魔。

最早跡象發生在晨勉的出現，以及和祖雙雙失蹤一下午後，祖的母親也追隨失蹤整整一天，諮商時埋下線頭有祖的父親音訊。祖不見母親，瘋了似的，忘記這是母親住了半輩子的城市，翻天覆地找去。最後在舊家巷口找到。

晨勉聽到這裡，覺得悲哀，祖的母親贏了，以戰逼和，翻新古老的伎倆，用來箝制自己的骨肉。她不禁想到，如果晨安的血緣理論成立，她和祖合體製造的血緣兒女，會比祖承繼母系一半血緣，力量來得大，也只有她可以打敗祖的母親。為了祖，她願意去打敗一個女人。

晨勉只是不明白，為什麼祖要晨安陪著，祖的母親是那麼耽溺於相依為命之說，除非晨安保持沉默以求，但那太不像晨安了。

晨勉對醫生說出她的憂心，醫生直截了當：「霍晨安？Jean出院後他還來探過病。」

那麼是晨安背水一戰追了去，他是聽進自己的話去做什麼囉？晨勉內心一沉，不敢多想。

她又等了兩天，什麼事也沒辦法做，晨安或祖徹底斷訊。晨勉抖擻振作，不拘一格，主動出擊，她一定得做些什麼！霍晨勉也有道義？總之她先去劇院調出祖的基本口卡，上面有祖美國聯絡電話，祖留一手寫了學校研究室號碼，總比沒有強。第二步，拼湊出祖舊家住址，憑關係到戶政事務所查證祖全家原始戶籍資料，上面清清楚楚記載祖父親死亡遷出事實，她要了影印本。等影印空檔，晨勉心劇痛如吸血鬼見光蝕燒崩解，難以承受之傷，一個早就宣告死亡的人卻一直有人在找。

祖家的證據在手，晨勉這才打電話給祖，祖的研究室說他延後論文及口試，他們失去了他的消息。晨勉問到祖指導教授的電話，知名戲劇學者，Brecht布萊希特專家，晨勉絕不會考慮跟這種學者作研究，祖的程度及態度都在一般之上，這使晨勉較放心，至少祖的指導教授對他印象不壞才收他，祖給的資訊必然正確。

祖的指導教授果然十分客氣，聽是祖台北工作的劇院找他，便給了電話。如此周折，她不過需要一組她應該知道的電話號碼。

晨勉當即依號碼打去，沒人接，也沒答錄機，就是鈴聲空響著。

這時，多友又重返台北。以為晨勉還在劇院，電話打去說辭職了，等到晨勉聽到多友焦慮的問候時，這才深深意會，誰付出的愛多，誰就比較焦慮。

他們約在晨勉家裡見。晨勉不放心出門，怕有電話來。她要多友特別繞到他們相遇的小酒館買幾瓶台北未上市的可樂娜啤酒，她實在需要一點快樂的記憶象徵物的安慰。

失控。

多友一看到她，忍俊不住噗哧失笑，晨勉知道他笑什麼，自己是真無可奈何的失控。

多友搖頭：「妳怎麼變了個人似的，從來沒看過妳那麼緊張。」

晨勉苦笑，喝了口可樂娜：「我以前從來不緊張嗎？」

多友說：「妳知道，負責的人才會緊張，妳可不是個對感情負責的人哦！」

晨勉歎氣，啤酒的功能，她心神穩定多了，她很快喝掉一瓶，邊喝邊想哭：「我看上去很憂愁嗎？」

「很不像妳。我第一次看到妳，只覺得妳散發一股浮水印不真切的魅力，好像對世界冷感只對自己熱情，後來跟妳做愛，又感覺到妳對某些抽象的事物神往和莫名的感應潛力，總而言之，妳就是向來沒有很真實的感情，妳什麼都不在乎，可妳現在成為一個真實的女人，妳以前太像一張複寫紙了。」

「怎麼會呢！我以為自己一直太實際。」

「那麼是愛情使妳改變了！我見到妳的時候，愛情先把妳變成一個複寫影像不反映自己，現在愛情使妳有了本我。」

當晚多友宿晨勉處，晨勉扼要訴說祖及晨安的事，她問多友：「這種情況下你想我還有心思到處做愛嗎？」

多友說：「太好了！妳告訴我能不能？」多友帶著他的口頭禪回到台北。

晨勉個性中冒險的成分並未消滅，她一向樂於在性事上發現自己。她願意試試看。然而不行，她對做愛的想像力整個消失了，那使得她的身體死亡一般，她無法呼喚它。

晨勉卻鬆了口氣：「對不起，多友。」

多友再回到台北，也已經不像之前性格單一的多友了，情感中最危險尖刻的部分消弭，多友因此變得寬容，更近似祖的溫和。

多友並不失望，反而安慰道：「不要為自己的身體覺得抱歉，它不像妳想像的那麼脆弱；反而是妳的心靈，晨勉，我在妳這裡受挫後，明白心靈的經驗是最難取代的。妳如果覺得內心不安，為什麼不直接去找祖呢？如果妳去了而晨安已在回程，至少祖還在那裡。」

因為身體以及情感的聯繫，多友成為晨勉最好的朋友；如果不是因為通過身體及情感，他們僅可能是普通的朋友，對一對男女來說，他們之間什麼事都發生過了，沒有成為情人，他們可以成為至交。

晨勉決定聽多友言儘快赴美親自走一趟，但她美簽已過期，必須重簽。

等待的漫長像是對她丟下祖單打獨鬥的精神磨礪，晨安和祖持續斷訊。晨勉靜不下來，每晚和多友到酒館小坐。多友白天寫論文，夜晚他喜歡融進台北的異國情調裡，以酒精催化。晨勉覺得自己的生活迅速縮水，沒有愛情、工作、家庭。只剩多友這麼個異性朋友。縮水後反而神清氣爽，構成她。多元生活是一種形式概念，正好沒有生活。

他們在小酒館偶遇羅衣，羅衣身邊換了新面孔，晨勉已經無法用以前那種浪漫純感官方式看羅衣，她因此覺得羅衣淺薄，這類型的人，抽離了熱情身體就什麼都不剩。晨勉實在無法想像羅衣仍然那麼起勁於尋找妻子替代品，不被情感擊垮，也擊不垮情感。她真覺得浪費。

當然她了解羅衣不得不那麼過，那些女友是校對他的節拍器。大家都無路可走。

出小酒館晨勉總是直接回家，她以前有大量社交行程，她要繞好幾個地方最後才會回家。她現在的確改變生活內容了，反諷的，不是家庭使她生活純淨安定，是愛情。她不會永遠如此，至少目前如此。碰到天氣好的日子，又有月亮，多友會陪她散步，她總是沉默，不若以往那麼多「想法」，她覺得恐慌，她對祖，最先淡忘的，是對他身體的嗅覺記憶，她曾經非常記得那種香的味道。

多友見她如此低宕，便引發她談談祖，晨勉不知道為什麼，並不想談他，交談並不能助她記憶他。晨勉因此覺得感傷淒切，她同時驚訝意識到，這心態她以前所沒有。她想，她正在失去祖。

「為什麼有人離開，是以一種香味消失的方式？」她問多友。

「妳呢？妳可能以什麼方式？」

「溫度吧！」晨勉想起有次在祖住處，祖在趕譯劇本，其中有一幕戲，祖非常不解，一對戀人，愛到隨時可以為對方死，久別重逢，他們是那樣思念對方，不斷傾訴，但是劇中卻沒有半場情欲戲，祖說簡直愛得聲嘶力竭。

祖在英譯時，就思索如何以現代情感詮釋。景色漸漸暗下來，天地洪荒，書桌臨窗，祖停下筆，眺望窗外，他們的身影倒映玻璃窗面，如浮懸往事，每一秒鐘漸次安靜的消失，身體在絕對靜止的狀況下，居然可以如此抽象。

祖起身撐坐桌角，腿伸長，晨勉貼站他兩腿間，黃昏天色散發出一股秋草氣味，季節正在翻頁。劇本裡死了的十九世紀情侶角色，二十世紀末，又死了一次。情人不僅不能超越命運，也不能超越時間。

祖整個身體摩擦她，生出欲的火花。

晨勉問他：「你還好嗎？」

「可憐的十九世紀情人。他們的愛太吵了。」他無聲地問：「可以嗎？」

晨勉一直無法抗拒祖如此沉默欲力，他話少，他們的愛反而更集中，一向不需要說什麼。

祖的手心貼著她背脊向前走。「最值得冒險的身體。」祖曾說，他遇見了一道隘口，她全身伏貼他胸前。

「讓我過去。」祖的手心是他全身溫度最低的地方。

「祖，我們正在窗邊。」

他轉身換位置，晨勉背窗，他面向黃昏：「讓他們看到我。」他的臉龐鋪滿窗玻璃，銀幕效果，場景因調動位置立刻不一樣了，由十九世紀切換為二十世紀末。他們再不做，時間一到，他們又將返復十九世紀。情欲是時光穿梭機，只能改變時間場，不能更動已完成的情節。祖不說她也知道：「多麼可惜。」什麼東西錯過了。

祖的手回到她背部不再移動，他們呼吸逐漸加促，祖被牽引伏過臉重重吮吻她，一波又一波，手掌往上移，托住她頸項，如死亡之吻。

「我不能呼吸了。」晨勉輕呼道。

祖大聲如宣誓：「晨勉，那年代的人難道不懂，人生能掌握的事實在很少。」他裸露的背部沁出汗珠，一具哭泣的身體。在晨勉的安慰下，悲哀之心逐漸平息。

如一場即興演出，考驗角色創作力，晨勉這才好希望有人看到他們，學習他們，而且記錄他們。他們是那麼明白彼此的節奏，是的，不需要語言。

「怪不得我母親喜歡表演，那使她知道力氣放在哪裡，如果有觀眾，她會忘掉自我。」

「忘掉她！」晨勉哀求祖：「否則忘掉我。」

祖什麼也沒說，他向晨勉展開的身體是獨立的。晨勉察覺他的溫度持續上升，如一支體溫計。

你正在測量我嗎？她心底問祖。祖的溫度即將衝破上限，她溫度多高，祖就多高，如在回答：「是的！」

祖爆炸時彷彿有星火自他們四周紛紛灑落，她又清楚地察覺他體溫迅速冷卻，心裡覺得劇痛，一種毀滅，離開就是完成。

與他人做愛時她是沒有溫度的人，因此祖體溫的變化使她印象深刻。他離開她的方式只有她知道，這樣的經驗無法交流，她唯有沉默。

晨勉就在這年之初便處在等待的狀況裡，動彈不得。

晨勉終於拿到簽證，偏偏馮嶧十萬火急由大陸打電話來，他的生意拓展需要她。晨勉決定跟馮嶧說實話：「我明天飛美國，晨安需要我。」她說了個大概。

馮嶧遇上迷障：「我們的公司可能就靠這一把。」

晨勉決絕地：「這是晨安一輩子生命的事。馮嶧，你如何判決我們的婚姻我都接受，但是這次我必須背棄你。」

馮嶧緘默片刻，想通了似：「到那兒一切留神觀變，別莽動，盡量保持聯絡，一時無法聯絡，回到台北一定打電話給我。」
晨勉內心淌淚：「謝謝你，馮嶧。」
馮嶧說：「別忘了，妳是我真心誠意娶的妻子，我喜歡妳這個人，妳做了什麼都代表妳這個人，妳並沒有變，我可以理解。」
馮嶧的性格務實，就是那點實際，使他能夠分辨他要什麼，其他都是次要的。相形之下，晨安雌雄同體複雜的個性這時顯得枝蔓雜生，瑣碎多歧。
晨勉丟下多友，由台北出發，飛了近二十小時深冬雪天中抵祖的城市。住定後，旋即一通電話打到祖家，是祖接的電話，晨勉不相信電話就這麼接通了，一輩子那麼漫長似開口說話：「丹尼，我是晨勉。」她在英語語境中自然地叫他英文名字。
「妳來了？」祖猜到了。
「我找了你大半個月，晨安在哪裡？」
「妳在哪裡？」
祖到旅館見晨勉，此刻她完全不像在台北那麼淡定，顯得異常焦躁。
「晨安呢？」晨勉直覺得不對勁。她從沒料到他們的重逢是因為第三人，不是因為他們自己。

「剛走。」

晨勉大聲：「什麼叫剛走？五分鐘前嗎？走去哪裡？」

「昨天離開這裡回台北。我聽說妳在找我，聽我指導教授轉述，我告訴晨安妳可能會來！」

晨勉不明白這麼簡單易答的問題，祖何以說來如此期艾不順，一聽而知他避開了關鍵內容，使得說的話像謊言。有種情緒性的假。

萬里旅途加上跨子午線時差，晨勉整個人極度昏暈，此刻陷在虛假的情節裡，使她分外不耐。她突然覺得自己來錯了。她甚至不想看到祖的臉。

晨勉落榻國際連鎖旅館高樓層房間，從二十樓俯瞰野火燎原似燒過來的巨大面積燈海，窗腳下城市無法倒影落地窗面，只有她平面身影還有雪天反光，她的人像透明結晶體，降到冰點。

「告訴我，發生了什麼事？」她哀求。

「我完全不清楚，晨安說他來開會，順道看我——」

「他是專程來看你的。」

祖將臉埋在手心：「我後來才知道的。晨勉，妳原來就知道嗎？妳為什麼鼓勵他完成他的想法？」

「他有權追求他情感的形式。」

「我如果接受他呢？妳可以同意嗎？」

「我們是獨立的。」晨勉不知道該給什麼答案。

祖搖頭：「晨勉妳知道嗎？妳應該鼓勵晨安確定自我，而不是鼓勵他追求本質搖擺的性向，他被拒絕，將使他整個世界瓦解。」

「你拒絕他了嗎？」

「他並沒明確表達，只語焉不詳重複妳鼓勵他至少做些什麼。我感覺到他越來越不喜歡他周圍的人，所以反過頭來接觸我，變成雙身，可為什麼以前我們之間沒事？」祖說出激越想法，整個人才回復誠懇。

「晨安的變化我不清楚，對我而言，他只有一性，弟弟，血緣之性。碰到你，激發他尋求另一性，我好迷惘！」

「妳迷惘，我更是。別忘了，我是經過妳才懂得人事的，我很清楚這感覺。晨勉，事情過去了。很高興妳離開了妳的島來這裡。」祖上前依親似緊緊擁抱住她不放手。她曾經因為失去他的消息而一點不想談他，並沒想到她看到他了，反而更覺得沉墜。

祖一定感到她在他懷中的木然，便放開她茫然失措。晨勉回坐床沿，空虛至極。千里終程她為晨安生命奔來此地落空，但至少這裡還有祖，為什麼他們交談，卻失了聚焦。問題到底出在哪裡？陣陣倦意湧上，即將淹沒她，她的時差比祖來得嚴重，極度疲倦，不想醒來。

「你母親好嗎？」

「前陣子住院，老毛病，失眠，才出院。」永遠的時差者。

怪不得家裡沒人接電話。晨勉又問：「你的論文呢？」

「我母親這樣我沒辦法完成。」

癥結還是祖的母親囉！晨勉心想：「我會抓到妳的。」她不能讓祖及晨安被毀掉。她感覺祖的母親一定也對晨安做了什麼，光是祖的拒絕，晨安不會留那麼久，晨安不放心祖的母親的病態？不放心她那樣對待祖。

晨勉躺到床上，如果這一刻她死了，她將非常不甘心，目前是她人生最壞的狀態。她對祖說：「我想睡了，你要走還是留下來陪我？」祖不喜歡旅館，還有他母親。

「我陪妳一會兒再走。」

祖的臉又浮在她臉上方，晨勉闔閉雙眼：「丹尼，你在哪裡？」

祖的臉下埋，他的嘴唇鼻尖沁涼如玉，但是晨勉內裡一股熱流，將她浮升向他迎去。

「難道我飛過半個地球，來跟你做愛？」晨勉睜開眼皮，好陌生的空間，只有一種功能的地方。窗外雪天的亮光像烘乾器。

「完全沒有道理。」晨勉快被對祖的母親的恨意淹沒。她伸手要祖，內心無柔軟感情。是祖使她軟化的，現在，祖使她強硬。她甚至聽到雪崩的聲音。祖的母親築的冰雕城堡正在塌陷。

晨勉問祖：「你聽到嗎？」

祖說：「妳來了。」翻越雪鄉，祖在低處與她會合一起攀爬冰脊。祖以驚人的體力與意志穿越北極，帶領晨勉望到南極星。在那個世界，他們的身體最熱。

「我看到光了。」晨勉聽到六稜對稱冰晶雪花落在樹叢，像她對祖的愛一樣沒有分量。沒有分量到像未開始。彷彿他們什麼也沒做，雖然她的身體拒絕同意。

晨勉決定去找祖的母親。祖並不反對。

這次見面，不像之前台北，非刻意操作。Jean在自己家裡，軟弱多了，認定晨勉來接晨安，晨勉家人都敗在她手裡，這又使她隱隱浮現傲岸神情。

晨勉不想以言語占上風，二話不說將祖的父親死亡登記影本遞交Jean。祖立刻被支開。

「妳要什麼？」Jean比晨勉想像強韌。原本就應該那樣吧？強韌達於殘忍。

「放棄威脅祖。」

「妳看到的，我什麼都沒有。」祖的母親異常鎮定。

「妳沒有妳自己想像那麼孤立。」

Jean微笑：「妳在為妳弟弟報仇嗎？」那笑，耐人尋味。

「他只是暫時受挫稱不上仇，妳才真正被傷害了。」

「妳會得到報應的。」Jean狠聲罵道：「妳不要妳這個人生，但是我要！妳擺脫不掉我的，這是妳的命！」

晨勉又聽到那「三句預言」，但在Jean嘴裡有著完全相反的語意，Jean詛咒她的生命。晨勉起身：「放心，妳不會有機會。」

晨勉離開時，Jean在她背後放聲痛斥：「事實上妳根本沒膽把祖父親的死訊告訴他。」

「不妨試試看。如果有那麼一天，真相揭穿，他們倆弟兄心裡，妳將什麼也不是！」是Jean的仇恨激發晨勉的鄙視使結局迅速來到終線。她安靜離開，出聲便俗。

當晚，祖夜宿晨勉處，他母親放他假。祖一旦鬆弛神經，身體機制的警戒整個解除，恢復彈性。晨勉覺得人真可悲。為親情付出沉重代價，真的比愛情值得嗎？

是那天，晨勉真正明白冷，一種真空，冰原上獨行，何謂凍結，這晚就是。她得到一個失了心的情感和身體。不來自Jean的詛咒她已經得到報應。但她更重視報應後的處置，而不是報應前。

祖的心靈開放，使他身體熱情亢奮，他有用不完的愛，他來不及敘舊，來不及道別，帶著使命而來，把一生傾瀉給她，他們重逢充滿永別。

祖失去了最讓晨勉醉心的細節能力。晨勉無言流淚接受這一切。什麼因素，祖改變了自己的磁場。

祖發現淚水，緊張問道：「怎麼了？」

晨勉搖頭：「你只要記住，將來不管發生什麼事，我永遠站在你身邊。」

「妳不再見我了嗎？」

「如果你願意見我，我們才有可能見面。」就在這時，晨勉聽見冰雪相撞巨大聲音，天地正在破裂，微渺之人唯有以肉身抵抗，保持精神勝利。一切太殘忍。

第三天，祖留下，晨勉回台北，祖約好到旅館送她去機場，但祖又沒來，這是祖第二次失約。

晨勉隻身赴機場，打電話去，答錄機裡祖留了話給她，Jean自殺送醫，狀況不明。回程途中不斷氣流顛簸，台北變成一個遠不可及的城市。

返抵台北，等候她的，是更殘忍的消息，她在空中時，晨安沒有原因的在住處猝死。趕在她回來前，徹底放手，她的世界完全靜止。晨安也不喊痛，一聲不響。

晨勉強打精神陪母親，她父親自責沒有適時對晨安伸援手，等於孤立他，她母親痛泣悲愴：「晨安不該獨居，有人推醒他就沒事了。」死亡有它自己的意志與注解。

晨勉知道，晨安自發讓生命消逝，他有這個能力，碎心使得這一切容易多了。反正一切來不及了。

「晨安，這樣值得嗎？」晨勉打理後事，做四十九天誦經法會，跟死亡比起來，她能做的如此微不足道。

埋葬晨安那天，晨勉問多友：「你還願意跟我做愛嗎？」悲哀像浪頭，下次來臨必將擊倒她。一遍一遍，默念如誦經：「丹尼丹尼丹尼……。」

多友的愛於她，未來將無可取代，已經還原為最初的愛。多友將離開台北。馮嶧放下大陸的布局，他將在家裡長住陪晨勉。

晨勉在小酒館餞別多友。晨勉不相信人的靈魂有能力重返，如果真可以，她最願意回到的地方是這間小酒館，充滿快樂記憶的口岸。

在一個充滿離別的城市，人人得而選擇走開，晨勉讓生物靈性降到最低才好自處，她無法離開這個島，無法創造離開的理由。她像一個單細胞植物，沒有腳。

從祖之城回台北後，晨勉就沒辦法睡，跟Jean一樣，嚴重失眠。她打電話給祖，祖永遠不在，片面宣告失蹤；晨勉清楚感覺，祖以這種方式告訴她：他正深陷在悔恨的情緒裡無法對她釋懷，他不能原諒晨勉。

至於恨晨勉什麼，晨勉了然於心。答案不久揭曉，晨勉收到祖寄給她的信，附上晨勉帶去的他父親死亡證明。

祖在信上說，他不是一個偏執的人，但是他判定晨勉嚴重犯規，情感上她立於不敗之地，卻重力推他母親落海，他母親的精神狀態無游泳求生可能，他說——

晨勉，我會不知道我父親已經死亡的事嗎？我母親事實上是行屍走肉之身，她整個失去理性，完全活在演戲的時空，而且嫻熟操作那樣的劇本，為什麼不能容忍一個瘋掉的人？我如此取悅妳，祈願妳體諒我的心，諒解我母親，妳卻殺了她，也殺了我父親一次。我已無父無母，我最重視的事卻與妳情感相違，妳千里迢迢跑來殺我母親，晨勉，妳何至於如此？我已無法見妳。

晨勉亦無法再見那麼憎惡她的人。她無法再見他的另一個理由是，她懷孕了。

這孩子是祖的，但是祖卻那麼恨她，如悲劇一再重演，祖的母親恨祖的父親，祖恨她。祖的孩子有祖的血統，帶著先天恨她的基因而來。更讓晨勉恐懼的是，為什麼這個時候意外成孕？這胚胎誰來轉世？Jean恨她的意志力，或者晨安的渴愛，反單細胞入侵，以她為生命通道，親近祖，都有可能。她不相信前世今生，這次，她無法解釋無法辨識二者。

如果胎兒是Jean轉世，她不能想像那種糾纏，是她的孩子，卻是祖的母親，孩子若長得像祖，就是像Jean，她後輩子將面對一張她不能同意的臉。

如果是晨安來尋求與祖聯繫，晨安孤高與她不容的心性，他們這一生，做姊弟都無緣，何況母子。她若生下孩子，將使她更孤獨。

她不再見丹尼，唯有拿掉孩子，否則有生之年，她都會掙扎於要不要隱瞞真相。另外的理由是，這樣對馮嶧不公平，這段日子馮嶧不在，事實擺在眼前，她不想騙他。馮嶧即便能接受，她不能沒有良知，欺負一個對她真心的人。

多友離開台北前，如以往，會玩笑重複交代：如果妳懷孕了，請一定告訴我。

晨勉說：「你明明知道跟我上床的不止你一個。」

多友回答不變：「由我來判斷。」

那是三月往機場的高速公路兩旁，杜鵑花期才開始，晨勉送多友去機場，多友說他獨來獨往慣了，自己可以走。晨勉堅持，她說：「這是我唯一能為你做的事。多友，謝謝你毫無理由的站在我這邊。」

多友說：「怎麼會毫無理由。妳是我唯一做過愛的東方女孩，千萬別忘了。」

「以後不會亂上床了。這是我另外一件能為你做的事。」晨勉不知道那時候Jean或晨安已經在她子宮裡逐漸成形，她只想到失眠，並且疲倦於不斷發生的事故。

她生命的房間空了下來，將不再有其他男人。一個人一生能做多少次愛？

「四百次。」晨勉記得這樣回答祖，她與祖與多友用掉多少？

送走了多友，誦經法會結束那天，晨勉將一切發生原原本本告訴了馮嶧。她以敘述，將自己這生情結理出線頭，冥冥中有一條路，必然的走向，她完全不由自主被牽引。

馮嶧反應沒有想像那麼受創，他早有心理準備，認同晨勉的恐懼，願意陪她拿掉未成形的胎兒，他對晨勉說：「妳生命的本質並沒有變，沒有人能改變它。」

晨勉在醫院當進入麻醉狀態瞬間，眼前一束光由她眉心鑽注，她清楚聽到金屬相撞如鐘聲，敲擊生命，人世有股力量強拋她出地心引力磁場，她聽到那三句預言的原始發聲：「我將宣告妳死亡。」她將離開自己，生命不再與她同體。

晨勉出院回家路上已是隔天深夜，馮嶧說她在醫院一度莫名的心跳停止，觀察二十四小時後，醫生才同意她出院。

春天的深夜向來是這城市最迷人的一部分，空氣中的花香有著安神鎮靜效果，每個人在月光下倒影如獨立的小島。她無法離開她的視線，失眠正遠離她，體內浮升一股沉睡的渴望。

重返住家，她將留在那裡，這是她的自主選擇。

晨勉記得很清楚，祖曾經問她為什麼喜歡島，她說：「這裡有我要的一切。」她仍願意重複一遍：「在這裡，我很容易碰到事情發生。」

7

晨勉渾噩如大夢回到新加坡。滿城喧騰辛釋出集團的新聞。辛的同志身分同時曝光，掀開了上流社交隱蔽面紗，怎麼被掀出？各有消息來源與版本，厭惡排擠口徑則一致。

辛垮了，結構群築得越高，摔得範圍越大。當晨勉面大家默契地避而不談，同情她情感事業雙重受害，晨勉心裡雪亮自己才是既得利益者。

辛離開了新加坡，晨勉不便打聽他。怕糾纏不清傷了辛；事業上，避免引發辛的投資空頭傳言產生骨牌效應。她即刻進行的是事業保衛戰。文化集團當初全由辛出面招股。最大的股東是當地頗富盛名的建設集團主席——印度裔伊文都蘭。晨勉從來沒有看過都蘭，她這輩子在美國大熔爐念書時也沒認識幾個印度人，印象中印度人總是膚色偏深棕，到新加坡才釐清，也有白印度人。

都蘭就是白印度人，他邀晨勉見面。晨勉沒料到的是，都蘭光彩蘊藉的貴族本色比西方貴族更矜貴。他的節制自持不輕易見人，這足以說明為什麼晨勉沒見過他。

伊文都蘭同時是個莊重尊嚴的人，但晨勉一眼識破了他的對立面，害羞。

他說中文問晨勉：「需要我幫什麼忙？」

晨勉不解他為什麼說中文表示親近。都蘭回應她的疑惑：「我祖母來自中國，我有華人的血統。」他特別親近祖母，說老人非常美麗、智慧。而且他說太多了。

晨勉也才明白伊文都蘭為什麼主動幫她：「我主要來致謝，也許都蘭先生考慮資金抽回，我能理解，畢竟辛離開了。」

都蘭：「我喜歡妳直截了當的骨氣。我祖母常說壞人的心眼有十八個洞，頂得住的人才直截了當。」

他們一起進晚餐，都蘭吃得很少，他們一餐飯長得似久別重逢的戀人。晨勉在丹尼調教下懂得簡單識別紅酒，都蘭頗有點酒興，不多話會心的晨勉是最好的酒伴。

都蘭對晨勉說：「我需要像妳這樣的聊天朋友，我們也許保持現狀。」

晨勉懂得顯露適度的尊嚴：「可是我們並沒有談什麼。而且，交朋友與生意夥伴是不一樣的選擇。」

都蘭掌握說：「中國人不是說朋友有通財之義？也許倒過來也通。」

晨勉忍俊不住：「你祖母中文教得真好。」

都蘭尤其愛飲烈酒，威士忌系列；喝了酒，他暫時忘卻自己的教養、拘謹。他是晨勉所遇見最循規蹈矩也最壓抑的人，他的拘謹來自手上產業全係家傳，他只需老實經營，守成即符合要求。壓抑則來自婚姻，印人多妻制，結了婚的女性不准外出工作，都蘭說這個傳統令人窒息，但跑到月球也改變不了傳統。都蘭已經有兩個太太，他說時機成熟，會步祖父之後，娶個中國女子。兩個歷史悠久文化結合。

晨勉的擅於傾聽，完全釋放了都蘭對中國女性長久期盼的緊張心理；相對，晨勉則可暫喘口氣。後援無慮，晨勉回復素心神形，不再豎起鮮豔的羽毛站在吹風面。

都蘭講得很清楚，他要一位中國太太，地位無大小之分，但事實仍是個妾，這在晨勉經驗之外，指涉不明，但足夠令她緊張。

更令晨勉不安的是都蘭兩位太太各生一個女兒就打住了，都蘭說他們家三代單傳，他祖父五十歲娶了中國祖母才得一子。照目前局勢，未來是中國人的世紀，已過世的祖母在天之靈，不會允許家族失勢，必賜給他一個華人之子。印度人本來深信輪迴之說，都蘭言之成理，晨勉立場無由置喙。

不久晨勉生日，都蘭具名發請柬席設他私宅，傳統印度菜。晨勉緘默如昔，因為不能拒絕，都蘭是有分寸的人。

都蘭擁有跨國開發公司，興建自宅，室內設計當然在水準之上，一切亦在晨勉意料之中。都蘭並不投資藝術品，但他的中國收藏皆有藏家眼光，隋唐石刻，幾大書家褚遂良、倪瓚、蘇東坡、米芾的字，黃公望的畫，吳道子的人物。他拿出一件亨利摩爾的銅雕裸女，線條圓渾流轉沉靜有力，巴掌大小，絕世精品，內斂創意。都蘭送晨勉的生日禮物。

「我不能接收。」並非值不值得，太無名太重，像契約，形式上的重。

「不是買的，是交換來的。這件作品氣質像妳。」都蘭牽晨勉：「再給妳看樣東西。」

都蘭帶晨勉走進一間起居室書房，寬敞明淨，瑰麗魔幻義大利卡拉卡塔魚肚白大理石地磚，熠熠光彩遊走，如時間到此疏宕腳程，自我虛實相生。

書房額角位置大書桌上置十數幀相框，都蘭示意晨勉觀看。全部都蘭祖母的照片，年輕到垂暮，晨勉瞬息明白都蘭要她看什麼，腦內轟然一片空白，命運向她當面展示神力。晨勉完全像都蘭祖母的現代版。

她不解其中蘊含何種寓意，光表象的巧合已足夠說明機緣。

「晨勉，我不認為這是轉世，我祖母過世時妳已經成年；中國人說，不是一家人不進一家門，我比妳更需要一種解釋。」

「都蘭，我沒有解釋。唯一的解釋是我和你祖母都是華人。」晨勉努力保持禮貌。她知道自己厭惡抗拒時動作會多大。

「妳對我來講，非常神祕。」

「沒有你想像那麼神祕，我只是正好長得像你喜歡的親人，你對我產生好感，讓我參與你的生活，這是非常自然的事。」

都蘭意識到晨勉的抗拒，相當意外；他以為女性都喜歡神祕事物，因此刻意選在晨勉生日這天向她揭示謎底，不想反而激怒她。據說生日當天不快樂，這一年都不快樂，他不願如此。

「我道歉，我只是想證明妳是我要找的中國太太。」

命運讓晨勉敏感：「都蘭，我不會當你的家庭成員，我喜歡我的事業。」

「幫我生個兒子。」

「你是說做愛的代名詞還是真的兒子？」

都蘭微笑：「都是。」

晨勉搖頭歎息：「你不會放任自己的運氣壞到一項都得不到的地步對不對？」

都蘭逡巡晨勉眼眸有了勇氣：「在發現妳和祖母像之前，我常覺得生命有種窒息感，我的家族使命讓我一切透明，看到妳瞬間，我才知道自己是有出路的，並不一定是妳長得像我祖母，而是很多巧發的集合，我意外的投資文化產業，辛抽腿，妳重組公司，有機會輸氧給妳，我也開始有自己呼吸的動力。我非常厭倦這種賓主關係，使我無法施展個性。」

「你只是不知道我會怎麼反應，你有所顧忌，因為我像你祖母。任何人面對你最愛的臉，都會失去個性。你已經比我想像有活力。」晨勉知道不宜情緒反應過度。都蘭沒理由承擔她。那個時候的都蘭是溫厚細膩的。

「晨勉，妳知道嗎？妳是唯一拒絕我，又願意告訴我真相的女子。」

晚宴隆重有序，展示了伊文都蘭的實力與教養。幾乎和晨勉及辛有來往的朋友都請到了，並未點明是晨勉生日，都蘭致詞和霍小姐合作愉快，會繼續支持，這是一個遲到的簽約酒會。

印度菜的辛辣摻合濃郁頂級咖哩，刺激晨勉腦顳葉海馬迴皮質層，支使四肢意識，配合節奏強烈的印度舞蹈，不斷由指尖眼神流洩故事。探索別人對都蘭與她之間如何反應同時，嗅聞到都蘭強烈的感情，他直視晨勉，無意將眼光收回。晨勉沒有說服他，除非她答應做他第三個太太，否則她在新加坡無法存活，這終究是個男權強人社會。她只是不清楚都蘭要這種結果嗎？第三位太太？這是愛她的方式嗎？尤其因為她長得像祖母。他怎麼排遣他愛她正好是不愛她這個事實。

他說她是他的希望。

宴會結束，晨勉不願意讓別人看著她留下，她有自己的界限：「請給我起碼的尊嚴。」

都蘭只好隨晨勉回她的住處，坐她的車。他們穿越城市如穿越都國，密集燈火人影如觀賞一場戲而無交談的必要。在這個城市裡沒有意外。

都蘭被禁錮太久了，身體像生鐵缺乏彈性，他甚至失去主動性。他是一個沒有創意的人，只收藏，其實不追尋抽象的力量。他只有表面本能。

都蘭在床上非常安靜，但不見得專心。他的心理控制了他，他無法對晨勉生出強烈的性欲。這是他沒料到的。

晨勉已無哀矜之心，但深知處理不慎，性的不潔會毀了都蘭。都蘭是以眷戀祖母之情愛她，而她如果挑撥都蘭欲火，也許刺激，卻容易走火入魔，他們之間的性將淪為精神亂倫成色。她誘導都蘭在適當時機反應快感需要語言，讓都蘭明白做愛的階段，她要他直接被做愛吸引。都蘭很快心領神會。那天深夜，電話鈴在都蘭結束時響起，晨勉無動於衷：「沒關係。」她不接電話，是丹尼。

晨勉如匯集畢生功力為都蘭打通血脈大傷元氣，結束後久久無法動彈。都蘭抱緊她：「累到妳了，對不起。」

丹尼在答錄中留話：「妳生日我永遠不在，今天去喝了一大杯啤酒為妳慶生。Happy好嗎？長大了吧？非常想念你們，妳和誰過的生日？」最後歎了口氣。

小哈趴在電話架旁安靜聆聽丹尼說話，朝聲音方向豎直耳朵，留言結束，嗶——一長聲，小哈回話般低吠二聲，餘音迴繞，牠還記得丹尼。

都蘭也聽到了，問晨勉：「男朋友？」

「情人。」她不怕激怒都蘭，奇怪以前她卻怕得罪辛。他們要的不一樣，身分也不一樣，相同的是她有種設計他們之感。

「妳會嫁給他嗎？」都蘭問。

晨勉不吭聲，她不想說謊，她和丹尼的事太複雜，心理的複雜，但不像都蘭那種，無法引導，他人不該參與。

從此，都蘭奉行的聖旨是：「嫁給我。」他富到在愛情這件事上無視現實法則，行徑如兒童，缺乏世故，要一切他要的。

如果必須選擇，晨勉寧願嫁給天生無法繁殖同性戀，不嫁後天合法繁殖的多妻主義，律法的野蠻腐化了多妻者的愛的欲力。都蘭是一個例子。

都蘭的宣言之宴，使晨勉重回資本導向市場，暢行無阻。晨勉不斷自問：「妳要不要？」看上去很困難的攀附，她卻只開了個頭就到達。

她要。

她一直沒回丹尼電話且不寫信，她的新局面，丹尼會收到訊息。

然而她低估了都蘭，都蘭長期主持操縱集團，他拿萬分之一手腕，便可輕易構陷晨勉淪為另一種形式的附屬品，之後她唯一的生活便是逛街購物八卦，附屬品最沒安全感，只好生小孩，抓住錢或男人。

她現在跟這支隊伍不同的是她自己賺錢，表象不同而已，錢從都蘭帳戶匯入她帳戶，不直接交到手裡罷了。

她與都蘭的關係越近，那些簽約合作的集團公司企業體，合約到期便無理由續約，意思是，反正你們是一體。在企業掛單成為其員工心理諮詢顧問是晨勉後來發展出來的業務，之前都以都蘭的人脈為籌碼。主訴員工是公司的重要資產，心理問題，宜由簽約心理中心直接輔導，以免情資外洩。她為不同企業設計了心理講座，推出親子、夫妻關係、生涯規畫等課題。案子效果很好，連都蘭都誇有創意。她甚至推出文化沙龍、演藝空間，活化心理中心功能。

她不了解的是這城市的企業倫理，是這個國家最後才會垮的一環，被建築得銅牆鐵壁，世界級演化。但在男權主導的社會，晨勉的工作能力是不存在的，就算起初有，也只被視為選美一樣的東西，為了謀取嫁入豪門的門票。

在都蘭庇護下，晨勉的選美角色通過認證成為事實。大家拋出主張，何必如此辛苦工作，玩票性質可以了。沉悶沒有活力的狹小城邦，是非難以容身，缺乏空間，想像力的貧乏。她徹底了解，她周圍的國際化集團，利害關係蛛網聯結。不會有人小情小義伸出援手，辛的失敗就是一個例子。

晨勉被打悶棍，如以前不出一聲，就算困獸猶鬥，都蘭面前，不動聲色。都蘭不會同情她的，只會輕視她不懂他們的默契。

都蘭觀察時機已到便出手，比晨勉所想更意外，他向晨勉提出收購心理中心，聘請她擔任他集團公關主任，他要臣服她。這完全是男人統治王國的一套。

晨勉因為長期心理壓抑，造成生理失調，對言詞愈發格外謹慎，她得把持自己不在無意義空間發瘋。

「我會考慮。」結束要有結束的代價。她近來對都蘭十分冷淡，且特別想念辛，他以一名同志方式愛她，他在商場上無私的幫助過她，代表了他性格的天真。辛的悲劇在於他沒有辦法實踐自我。

時序是深秋，但這個城市永遠夏季。毫無變換的季節讓晨勉極度不耐，她以為任何進入無視季節遞嬗啟發的地方，人們會逐漸喪失辨識人世循環悲喜的能力，不懂摧毀秩序。

悲愴的是，她一個人能去哪裡。她擺脫不了她自己。

小哈已經長成一條大狗，同樣很寂寞；牠似乎相信丹尼會再來看牠，有段時間都蘭每天隨晨勉回家，聽見開門，小哈比什麼都急於看個明白，都蘭現身，小哈低吠兩聲無趣地走開，一旦有電話鈴響，牠才又興奮起來。丹尼的電話牠絕不會猜錯，如果是答錄機接，丹尼留完話，小哈必回以幾聲輕吠：聽到了。晨勉回家，向她報告丹尼電話是第一大事。牠的報告方式就是跑到電話旁邊。

晚上，晨勉無論多晚回家，一定帶小哈出去散步，有時候和都蘭做完愛，都蘭下樓回家，她牽小哈下樓遛狗。

在都蘭面前，她形成狡黠的傾聽性格，她要聽出他的真正想法。只有每天帶小哈在黑夜中散步，她恢復丹尼傾心的她的敘述能力，說給小哈聽。她跟都蘭不對，她一向知道，她不要跟他對。他們的關係在都蘭是一種洗滌，於她，什麼都不是，她生日那天他們上床就結束了。

小哈顯然並不喜歡牠的散步，跟丹尼散過步的香港離島比較，這裡缺乏人文關懷，太安全，這裡甚至沒有野狗，小哈無法和牠們交談，牠也聽不到別家狗吠，整個世界似乎只剩下牠一隻狗，牠很寂寞，總是消沉的陪晨勉，彷彿需要散步的是晨勉。

晨勉相信小哈的確是這想法，因為在離島，她每晚留下丹尼和牠獨自出去散步。散步時，晨勉會整理一天種種，怎麼盤算未來，都無退路，情緒一次次起伏終於彈性疲乏，她越來越不相信任何事。

晨安那裡似乎也陷在膠著狀態，她和亞伯特的復合之路並不如所想那麼有階段性有進展。

「很勉強。感情沒有動機就沒有熱情。」

「你們不是有性嗎？」

晨安竟有片刻的沉默：「他和別的女人也有，我和別的男人也有。那不是唯一的。」晨安放棄了她亂搞哲學，聽來竟渴望愛。

「晨安，那就放棄他好不好？」

「放棄他也一樣，我不可能永遠在放棄。晨勉，我們事實上是無路可走。」

晨勉心疼晨安，血脈堵住，全身痲木，死掉一般：「晨安，找個理由愛下去，活下去。」

「我很好，過一段日子就好了。」

「妳要我來陪妳嗎？」

「妳也不好過，如果決定結束和都蘭的關係，妳再來。」

晨勉再度感覺待在一個沒有季節只有時間刻度的地方真可怕，他們好像與世界隔絕了，過一種真空生活。

「我最近就可以決定了，我必須精算我能得到多少利益。晨安，我們什麼都沒有，只好斤斤計較這些了。」

晨安無話，晨勉知道她想說：「我們活得那麼努力，就為了得到一點東西，我們要得到一點點東西為什麼這麼困難？」

晨安沒說錯，晨勉是後來才終於了解丹尼對都蘭的意義，她錯了，不該承認丹尼，她擁有丹尼的愛，都蘭就在別處弄得她無路可走，難怪他只問過一次就沒再問。她得十分小心走下步棋，否則都蘭會吃掉她。

晨勉繼續保持冷淡，等都蘭開口。她精算過了，都蘭不收購心理中心，沒有任何集團會買。中心投資尚未回收，都蘭的出價不會高。原來他是股東，收購，無非發點獎金給她。

晨勉盡量不繼續下沉，以免浮不上來。她的經驗是，創造力消弱，會使人孤立悲觀，對自己充滿懷疑。

但是現狀的確像把利刃，砍除她周圍可遮蔭的花樹凸顯她。都蘭的現實性格來自家族遺傳，遇到他要的東西，如競標，他會先貶低這物件的價值，然後出價界定這物件的意義。非常周折，富豪樂此不疲的遊戲。

晨勉知道都蘭迷戀她，他需要她的活力；但都蘭的性格使他們相處變得毫無情感可言。她唯有以自己做為資本，用冷漠貶低他，然後等待時機。至少在言語爭鋒，她要扳回尊嚴。她要全額收購中心，而不是用錢買她這個人。

她的冷漠，逼使都蘭年底提出收購，那是他預設的時機，他不想再等，他要晨勉在他人生重啟新象。他有年關概念，沒有時序感。條件如前，晨勉到他公司。

晨勉答應了。她的條件是，即期支票及公司負擔她的住宿。

她的員工皆她親手訓練，花了相當精力，中心的工作流程財務一向透明化。因此，她退出，有員工拿了資遣費很快合作另組一家新的中心，規模小得多，但足以說明市場需要。都蘭則斷言這行業前景黯淡，財團要麼打壓，要麼無視，太容易消滅他們。晨勉心想，我那麼傻。別人未必要靠你吃飯。這地方瘋子那麼多，瘋子最需要有人陪。

接著她退租，搬進都蘭為她租的房子，家具全部送給中心同事，只帶走小哈。

都蘭委請房地產經紀人找房子，要求大坪數，以為晨勉喜歡。晨勉則選了規規矩矩二房二廳。現在她要克服空間障礙的心理背景消失了。她只維持每天晚上散步的習慣。

都蘭在性上越來越依賴她，她啟發他，他以為可以予索予求從她那裡得到力量，他不知道那也是一種控制，也許他只是不願意這麼想。晨勉將支票匯到香港帳戶，完全結束中心後，她對都蘭說：「你以後要跟我上床，必須付費。」

都蘭即刻明白晨勉用性挾持他，也用性表示憤怒，她不再有所顧忌，因此傳達清楚——我們彼此利用，你要從我這裡得到什麼，必須付出代價。不一定是金錢。

晨勉其實已經決定由新加坡撤離，她在這個城市，事業及情感都毫無發展。她頻繁與晨安通電話，讓她不安的是晨安越來越自閉的傾向。時間彷彿凍住了，過去得非常緩慢，沒有任何事發生。她正在一個關口，無法離開。

都蘭為了安撫她，提議帶她出國旅行建立新關係，她說想去峇里島。

住之前同一家旅館，同一間房間，她記得房號是三一七。對都蘭而言旅館太寒傖；對晨勉而言她將毀滅記憶，和丹尼共創的記憶。她每天待在游泳池畔，不去任何地方。泳池邊吧檯有名服務生常為她送酒，還記得她兩年前也喝可樂娜，還有丹尼。他有天為她看手相，說她近期會得到一筆財產。她當時以為指的是收購費。

當他們回到新加坡，接到亞伯特電話。晨安自殺身亡。

那一刻，晨勉的身體迅速熔解流失水分，不是她的心臟爆炸人不再存在。是世界消失了。只留下她單獨不完整。

不完整到她必須忘了自己存在，她完全不能想晨安，那讓她發瘋。都蘭在她那兒過夜，她對他說：「讓我們來做愛。」那晚，她一直叫：「晨安！晨安！」她聽到巨大碎裂聲音。

她這次無法帶小哈走，勢必再回來。她向都蘭要了大筆現金，她要把晨安的骨灰帶回台灣，重新買裝得下全家的靈骨塔，這些都需要錢。和都蘭相處以來第一次，晨勉誠心道謝：「我永遠都會感激你。」

天亮後，她啟程去英國。她母親死，晨安和她都沒回去奔喪，那時外婆是她們的退路，現在晨安也死了，晨安是真的無路可走了嗎？她也將無路可走。

「晨安，妳為什麼不來跟我在一起？」晨勉問。

「妳不也沒跟丹尼一起。這是命。」晨安回答。

晨勉一天一夜沒闔眼到了英國。飛機上她藉由想像和丹尼做愛，忘掉她對晨安的思念。丹尼教她的。

亞伯特非常自責，他以為他們會有第二次機會，但是沒有，晨安與他復合後更明白，他不是她的船舟。晨勉不想再聽亞伯特分析晨安自殺的原因，她知道晨安死前多麼寂寞。

「晨安是一個人孤獨的死去！」她對亞伯特說：「你曾經安慰過她嗎？」晨勉知道過分苛責亞伯特，是晨安不愛亞伯特又利用了他。

亞伯特問起房子如何處置。他需要晨勉的簽字，以取得所有權。晨勉：「隨你處理。」她因此在英國又多待了幾天，睹物思人，一點一滴晨安布置起來的家，晨安一直渴望的東西，晨安的需要害了她。

當地正大雪，晨勉住在大學附近旅店，小鎮充滿人文氣息，晨勉一向書讀得很好，卻並不喜歡學生生活。每天傍晚晨勉散步到學校去，延續晨安的生活作息，那是晨安的脈動，晨安沒有死，她能為晨安過多久就多久。

夜裡，晨勉想像這一刻晨安也許正在等她的電話，她現在納入晨安的經緯時空裡，與晨安脈息相通，精神較之前穩定下來，她已經到了，不能再去哪裡。她以晨安的眼檢視自己，這生沒有可以交談的朋友，與那些和她做過愛談過愛同學同事異性戀者雙性戀者，毫無干係，這就是她。

晨勉停留清理晨安財物辦房屋繼承，如長夜將盡。學校有天打開晨安研究室讓她清點遺物，她未進過晨安研究室，書桌上有張十四吋照片，她踏進研究室就看到了，是她父母親抱著幼小的晨安，外婆不遠站著成為背景，就是沒有她，黑白生活照，在空氣不再流動的研究室，像枚童年胎記，烙在時光的心板上，也像大霧重重落在生命中，晨勉看不下去，不忍心再製造愛和想像。晨安從未提過這張照片，也許以為她知道，也許……晨勉拿了相框：「這是一個紀念品，我先帶走。」父親果然很白，比她印象中更白而不羈，母親則更小到像個孩子。她有父親，這念頭成為一種意識狀態。

晨勉沉湎往事，想起照片應當是外婆搬到台北，收拾家當時，無意中找到又帶出來給晨安的結婚禮物，晨安必定以為她看過了，甚至也有一張，雖然那上面沒有她。

晨安的銀行戶頭裡居然有為數不算少的存款，可以確定晨安這幾年日子過得相當儉省。晨勉這才記起峇里島服務生算的命，她要全數帶走這筆錢，她告訴了亞伯特，亞伯特不以為然，他當然有份。晨勉不客氣反駁：「這是天命，別忘了你們離婚了，我沒有義務給你什麼，一點不給，你又能如何？房子留給你，我仁盡義至，錢我用來厚葬晨安。」

事情處理結束，晨勉才撥電話給丹尼，她說飛去看他，丹尼問她在哪裡，她說：「英國。」

丹尼問晨安好嗎？晨勉說：「你記得她把我託給你嗎？她死了。」如釋放微量晨安死亡的痛，晨勉覺得好多了。她突然可以了解丹尼在母親過世後的沉默，他成為一座孤島。現在，晨勉也是一座孤島，自己就是一切岸。

丹尼母親給他一枚戒指，指引他找到愛；晨安留給她一張父母親外婆及晨安的合照，預示她將不孤獨。

母親死亡使丹尼回頭找她；這次晨安死亡，她遇見丹尼將發生什麼事？他們像兩座島嶼彼此吸引。

那天晚上，丹尼撥了三通電話給晨勉，他不放心她，晨勉要他不用擔心亞伯特，亞伯特無法刁難她。丹尼說不是，他就是想聽她聲音，晨勉明白，丹尼是怕她跨不過這一步，她說：「我不會死的，我從小不斷看到死亡，了解死亡帶給人們什麼，我死了，晨安的後事誰辦？」

丹尼要她把事情經過講出來，晨勉不願意，她不想再殺晨安一次。

他們這樣交談到清晨，丹尼說：「再過幾個小時我們就可以見面。」

晨安的骨灰事先報了關，通行順利。晨勉抱著骨灰罈，沒想到一個人燒成灰這麼輕。骨灰罈是晨安家中擺設裡挑的一個白霧玻璃瓶，隱約可以看見晨安令她安心。

丹尼大雪天來接晨勉，全身冬天裝扮，大衣是晨勉在他家門口看過的那件，冬裝的厚拙沉穩及暖色系，愈發襯托出丹尼的溫和俊雅。除了上回來德國曾遠遠看著丹尼著冬裝，他們一直在夏季熱帶地區見面。大雪使得視界不遠，也有冬天的島，寒森的島上，人們都做些什麼？傾聽狂風看書聽音樂，爐火前喝啤酒，不散步。太漫長了。

丹尼換了車，不是她看過的福斯國民車。

「換車了？」晨勉有意無意給出暗示。

丹尼看她一眼，有些疑惑。他很少談及生活中瑣碎事。

晨勉只有一件行李，新加坡穿不上冬衣，她身上看得見的裝備都是晨安的，完全晨安風格。丹尼看她亦陌生，不止沒見過她穿冬裝，也因為晨安衣著風格比較明朗，鵝黃喀什米爾羊毛長大衣，深藍手套，米灰薄呢洋裝，咖啡色平底長統馬靴，條頓民族氣息；晨勉自己總是深灰或黑色，東方民族的老成。

丹尼為晨勉訂了飯店，不方便請晨勉住他家，晨勉之前建議他們學校附近有間不錯的小旅店，丹尼正在趕論文，來去方便些。房間視野很好，在十二樓，窗外是無聲缺乏變化的冰雪世界。晨勉將晨安的骨灰罈放在床頭櫃，丹尼過來擁抱她：「很抱歉，我母親不在，妳住在我家不方便。」

「我知道。」室內有暖氣，晨勉開始一件件大衣外套手套脫掉，還是熱，繼續脫馬靴，光著腳板站在浴室瓷磚地：「奇怪，我怎麼一直由腳底熱起。」

丹尼走到她身邊，蹲下去用手冰鎮她腳踝，一邊溫柔輕緩往下摸到順著腳背揉搓趾環。

晨勉抬頭凝視晨安骨灰罈，熱的感覺往身體中間匯集。她無聲問晨安：「晨安，妳在嗎？」她覺得全身在等待什麼。像條等待潮汛的魚，準備溯源。

丹尼的手往上攀登魚梯終至手臂最高處停住，將臉埋在晨勉腹間，喃聲說道：「晨勉，妳終於來了。」他看到她，熟悉的身體釋放她特有的氣息，恍惚似聽到潮水起伏，尤其他們在香港分手前的記憶太好。晨勉則聽到晨安呼喚她，多好，他們三個人在一起。晨勉問丹尼：「你聽到什麼？」

「潮水的聲音。」一座倒懸的魚梯。

她不再呼喊晨安，她對晨安的思念已經進入她身體，納入時序，她再問丹尼：「你聽到什麼？」

「你！」一個實在的晨勉。

晨勉孤獨時對他的思念在她身體延展至最高潮，一種抽象的完成，純淨感人，令人畏懼，她終於明白，人體用什麼解釋抽象。

丹尼並不知道罈子裡是晨安，雖然他研究亞洲民族行為。他也同樣不懂晨勉為什麼窺視他的生活。

他帶晨勉去學校附近酒吧，他最喜歡安靜喝兩杯的地方。

晨勉要了黑啤酒及這裡最出名的無汙染生菜、香腸，丹尼同樣。

丹尼若有所思凝視晨勉：「妳來過這裡？」

晨勉答：「來過。」

丹尼問：「我那天真的看到妳？」

聚會夜裡他站在門口等人那天，他錯覺看見她，是真的。

「嗯。我在你家對面租了間套房，學德文，觀察你的生活。」

丹尼握住晨勉的手：「再多說一點。」

「我相信自己並不全然是善意，但是我最初沒有偷窺你生活的意思，我很抱歉。」

她飲大口黑啤酒：「我到這裡時你正好出城了，我便先去了巴黎，決定不告訴你我來了，我不確定會看到什麼而且越來越不確定，後來我學德文認識了一個朋友，多友，她非常獨立；我看到你的居家作息、家人、聚會，其他就沒有了。」

丹尼不再要求她多說點，他半晌無話，食物上桌，他們各自用餐。丹尼舉杯敬晨勉：「我一直在等妳來這裡，妳來了，待那麼久，獨自視察我，妳不覺得這很浪費嗎？我們相處時間最長也沒有兩個月，而且用妳暗中看到的事情迷惑我，多麼殘忍。」

晨勉起身：「的確不可原諒。我不想再繼續隱瞞，所以決定告訴你。我了解你的感受，如果我是你，可能更憤怒。丹尼，你是我這一生中最接近我生命底層的男人，謝謝你。」

她迴避現在無法承受的指責，並且了解丹尼將不會追來，不像在峇里島。那次，他們對避孕的觀念有差距，畢竟那是她的身體，她有主權；這次，她虛偽的欺騙了他。

晨勉等到第二天丹尼都沒找來。她帶著晨安，離開大雪翻飛的丹尼之城。她對丹尼的歉意跟隨她的足跡一路追蹤她。不知怎麼，晨勉覺得她永遠擺脫不了丹尼。

晨安骨灰罈像個微型之家，有晨安作伴，給她回新加徹底做個結束的勇氣。車子是公司的，房子是公司的，她的職務不管帳，向都蘭的借貸是私人行為。真正重要的是帶走小哈。

晨勉悄悄回到新加坡住進飯店，第一步先找了律師，擬妥辭職存證信函離開前再寄給都蘭公司，車子房子鑰匙交律師保管，負責歸還公司。為什麼這麼做，法制的事法制解決，新加坡的遊戲規則。但感情範圍大得多只有原則沒有法制，她和丹尼之間即是教訓。她不知道都蘭為留住她會使什麼花招。

一切定案，她才回家帶小哈。之前，她委託打掃的清潔工每天來餵小哈遛牠。

晨勉對小哈那天的反應印象深刻。

小哈一直是條沉默溫和的狗，沒聽過牠大聲吠叫。但是那天她踏進屋子，人才到玄關，小哈站在客廳以陌生的眼神打量她，繼而對她狂吠不止，她嘗試走近安慰牠，小哈迅速後退繼續狂吠，並沒有攻擊她的意思，反而像急著要保護她。

「小哈，你抗議我一個人回來是不是？」晨勉試著與牠交談，假設小哈氣她。小哈嗚咽兩聲回話。晨勉認為猜對了，正待靠近，不料小哈再度朝她狂吠。見到鬼似的。

「你知道我跟丹尼的事了？」晨勉過去撫摸小哈的頭。

小哈不再反抗，哀淒地用鼻尖嗅聞她全身，如告慰亡靈，然後走開，離晨勉老遠，卻一直盯著她在的地方看。

整晚，晨勉都聽到小哈嗚咽如與靈魂對話。

如環繞地球一周，晨勉終於帶著晨安回到台灣。對於身體不斷湧上的疲倦感，這是以前沒有的現象，晨勉將它歸之為年齡，她不再適合連續飛行。身體的疲倦一波波襲來無處可躲，簡直將她淹沒。更令她沮喪的是體力的衰退，她動輒昏昏欲睡，而她這輩子最重要的事都集中在眼前等待她去做，她要為晨安超渡，找墓地，將家人骨灰遷出。光找墓地就足夠她筋疲力竭，死後重聚竟如此耗神。全部完事，晨勉才去看醫生，醫生笑著宣告她懷孕了。就在那一刻，她再度聽到清晰的冰河龜裂聲音，她的世界迅速整個崩塌，先是晨安，現在她將親手埋葬那個晨勉。新的王國正在重生。

她的懷孕和她這輩子最重要的事同步發生。

剛回到台北，毫無頭緒，先租了公寓暫時安身，生活機能差，白天她出去辦事小哈看家；晚上想遛小哈都沒地方。晨勉開始思考未來，她不能給孩子這種環境。

她終於知道小哈為什麼對著她狂吠，是晨安給了她這個孩子，也許這孩子就是晨安，種種跡象，她沒有理由不相信。她在這世界上有了與她血脈垂直相連的人。

就在這時候，她遇見辛。她在報紙看到辛的消息。辛在台灣成功創辦一本跨國女性雜誌，他成為公眾鋒頭人物。更令晨勉驚訝的是辛的國語，他完全克服了外國人在東方的精神挫折，台灣人對外國人的友善特質，激發他的歸屬，以語言參與，光聽他講話，很難識出他外國人的身分。

晨勉一跟他聯絡，他立刻聽出是晨勉。

辛改變不少，頭髮短了，微笑著，隱藏起對異性的退縮神情。乍然目見，晨勉以為是丹尼。

辛完全不提離開新加坡的事，台北出版界有人以前聽過他，因為不清楚他的背景，以為他是顆棋子，西方出版集團布局市場，頗收神祕話題性。

晨勉比較辛以前的格局及背景，不免為他覺得黯然，尤其涉及她。他們的交談進行緩慢，經歷洗滌得他們不急著表述。

他們現在有著共同的故事，共同認識的人與過去，晨勉開始覺得他是一個朋友。辛對晨勉仍持敏感與觀察態度，對話不多的情況下，他很快發現晨勉的恍惚是因為體能的改變，而且，晨勉擔心未來，這是以前的霍晨勉不為的事。

辛問：「妳怎麼變脆弱了，以前那個勇敢的霍晨勉呢？妳生病了？」

晨勉迎上目光：「我懷孕了。」她曾經恐懼辛會把愛滋傳給她。

辛驚訝：「妳刻意讓它發生的嗎？孩子的父親是誰？」

「我一直沒有避孕，但是從來沒懷孕。我不確定孩子的父親是誰，我最近生理期非常混亂，辛，你相不相信，但是我知道孩子是誰。」

辛半帶嘲弄：「都蘭把妳整得那麼慘嗎？人都整亂了。妳不用告訴我細節，我相信妳的說法，中國人太神祕了。」

晨勉近似哀求：「辛，我需要你，孩子生下來需要一個名義上的父親，不管孩子的父親是誰，你是西方人，外形吻合。」

無意貶低辛，但辛同志性向，使他暫時不可能結婚，不結婚，辛沒有身分居留台灣，他們可以結婚彼此幫助。辛答應考慮，為免除辛的心理障礙，晨勉謊稱和丹尼已有半年未見，暗示孩子不是丹尼的。

三天後，晨勉和辛公證結婚，她戴著丹尼送的蛇信戒指，她為辛準備了一只刻有龍紋的銀戒指，依照生肖推算，辛屬龍，蛇亦屬小龍。辛十分欣賞她的說詞，全盤接收，沒有追問晨勉的戒指來處，大概以為晨勉屬蛇吧？畢竟是西方人。

辛陪晨勉一道赴香港，晨勉仍希望住離島，辛則擔心生產不方便，晨勉答應預產期前會住進醫院待產，如果要她住港島市區，她寧願留在台北，台北更不適合孕婦，辛又陪著晨勉到離島找房子。

在往離島的渡輪上，人文地理景觀摻合流動的空氣，靜中有動，水紋漩打船身，激起浪花撲在晨勉顏臉及記憶。冬天的海水流到最深處沉積幽藍；她終於可以擺脫丹尼，她整個人，潛到生命最低層，只惦記未出世的孩子。梭羅說，多數人都生活在絕對的寂靜中。

辛在渡輪上問晨勉：「妳真的不知道孩子的父親是誰？」

「不知道。那時候我的生活非常混亂你也清楚的。」她再度強調。

離島慢慢近了，碼頭等待客人的餐桌已排列就緒，紅格檯布，蛋民，汽笛嘶鳴傳遞訊號，是這些維持著以往的離島貌樣。

「妳的地盤到了。妳會恢復多少成以前的生活？」辛沒到過離島，但是他喜歡一切新鮮的事物，這段時間，辛處處陪伴她，完美的朋友，充滿愛心誠懇。這種品質，非常適合教養孩子。至於未來，她和辛如何發展，她不知道。

「不會了，一個母親是沒有亂搞的精力。我現在只要求最安全的生活。」

「妳想以前住的房子賣掉了嗎？」

晨勉微笑：「沒有，我相信沒有賣掉，它應該在等我。」

「我不懂命，但是我相信命定，怎麼樣的人就會碰到怎麼樣的生活。」

「辛，謝謝你為我做的一切，那對我非常重要。」

辛像丹尼握緊晨勉手，他手掌、溫度、勁道幾乎相同，也許一種感覺上的相同，也許完全不感覺的相同。

辛因接近碼頭而恍神：「多重要？」

晨勉回頭尋找第一次遇見丹尼他坐的位子，現在空了出來，整條渡輪僅一半乘客，冬天的離島不適合度假：「等於我自己的生命。」

事實上晨勉已經越來越清楚，德國大雪唯一發生的事，她有了孩子，孩子是丹尼的。她去德國會丹尼，就為了讓晨安有條出路重回她身邊。她並沒有真正離開丹尼。她寧願相信生命是這樣發生的。丹尼不依賴生命，她依賴。現在，她確實知道自己在哪裡呼吸，不是抽象的性，不再與那個晨勉有關。

．

丹尼有一次問道：「妳為什麼喜歡島嶼？」

晨勉記得非常清楚，她說：「我覺得完整。太大的空間對我沒有意義。」

INK PUBLISHING 印刻文學 398
沉默之島

作　　者　蘇偉貞
總 編 輯　初安民
責任編輯　宋敏菁
美術編輯　黃昶憲
校　　對　吳美滿　宋敏菁　蘇偉貞

發 行 人　張書銘
出　　版　INK印刻文學生活雜誌出版有限公司
新北市中和區建一路249號8樓
電　　話　02-22281626
傳　　眞　02-22281598
e-mail　ink.book@msa.hinet.net
網　　址　舒讀網http://www.sudu.cc

法律顧問　漢廷法律事務所
劉大正律師
總 經 銷　成陽出版股份有限公司
電　　話　03-3589000（代表號）
傳　　眞　03-3556521
郵政劃撥　19000691　成陽出版股份有限公司
印　　刷　海王印刷事業股份有限公司

港澳總經銷　泛華發行代理有限公司
地　　址　香港筲箕灣東旺道3號星島新聞集團大廈3樓
電　　話　852-27982220
傳　　眞　852-27965471
網　　址　www.gccd.com.hk

出版日期　2014年 5 月　初版
ISBN　978-986-5823-13-9

定　價　300元

Copyright © 2014 by Wei-chen Su
Published by INK Literary Monthly Publishing Co., Ltd.
All Rights Reserved
Printed in Taiwan

國家圖書館出版品預行編目資料

沉默之島／蘇偉貞 著
--初版，--新北市中和區：INK印刻文學，
2014.5　面；　公分.（印刻文學；398）
ISBN 978-986-5823-13-9　（平裝）
857.7　102009819

版權所有・翻印必究
本書如有破損、缺頁或裝訂錯誤，請寄回本社更換